Margarete Barainsky
Weihnachtsgeschichten

Margarete Barainsky wurde 1927 in Schlesien geboren. Sie entstammt einer Musikerfamilie. 1945 flüchtete sie mit ihren Eltern aus Schlesien, 1947 heiratete sie in Berlin, 1954 musste sie mit ihrem Mann das damalige Ostberlin verlassen, 1971 zog die Autorin mit ihrer Familie nach Vlotho.

Der Autorin ist es ein Anliegen, die schönen alten Weihnachtsgedichte wieder in Erinnerung zu bringen. Daher fließen in ihren „Weihnachtstraum" einige bekannte Zeilen aus diesen alten Gedichten ein.

In ihren Weihnachtsgeschichten zeigt die Autorin, wie überraschend und dennoch stimmungsvoll der Weihnachtsabend verlaufen kann, sei es in einer Bimmelbahn auf verschneiter Strecke oder im „Schloss der Nebelfrauen".
Der Zauber des Festes ist in jeder ihrer Geschichten eingefangen.

Mit ihren drei Geschichten unter dem gemeinschaftlichen Titel „Weihnachten im Wandel der Zeiten" stellt die Autorin die Veränderungen des Festes über drei Generationen dar - vom bescheidenen Weihnachten um 1920 im verschneiten Bergdorf über die Wirtschaftswunderzeit bis hin zur Gegenwart.

Margarete Barainsky
Weihnachtsgeschichten

Alle Rechte vorbehalten.
Copyright © 2013.
Margarete Barainsky, Vlotho.
Fotografie des Titelbildes: Tabea Peitz
Herstellung und Verlag: BoD - Books on Demand, Norderstedt.
ISBN 978-3-73228-681-2

Weihnachtsgeschichten

Der Weihnachtstraum 7
Das Schloss der Nebelfrauen 9
Das Engelsbild 15
Der Weihnachtszug 20
Ein Weihnachtsbrief 26
Der letzte Schultag 31
Michaels Weihnachtsabend 38
Das andere Weihnachten 43

Weihnachten im Wandel der Zeiten 50
    Das eingeschneite Dorf 51
    Ski und Rodel gut 65
    Schnee aus der Kanone 76

Der Weihnachtstraum

Sankt Niklaus zieht den Schlafrock aus
und klopft die lange Pfeife aus
und sagt zur heiligen Kathrein:
„Öl mir die Wasserstiefel ein!
Man wartet da drunten auf Erden,
es will wieder Weihnachten werden!"

„Ja Nikolaus, es ist schon recht,
ich bin die Magd, du bist der Knecht.
Die Stiefel reib ich dir blank mit Papier.
Doch sprich, hast denn das Säcklein auch bei dir?
Was hast du da drinnen, lieber Knecht?
Was ist heute den Kindern noch recht?
Einst freuten sie sich, die Zeit ist so fern,
auf Äpfel, auf Nüß und auf Mandelkern!"

„Ach", seufzte der Nikolaus voller Gram,
„das war, als ich mit dem Schlitten noch kam!
Ich fuhr durch den Wald, versank im Schnee so tief,
hörte, wie eine helle Stimme mich rief:
‚Sankt Niklaus, Sankt Niklaus, alter Gesell!
Hebe die Beine und spute dich schnell!
Man wartet auf dich, drunten auf Erden,
denn es will wieder Weihnachten werden."

Mit Peitschenknall trieb ich die Pferde an,
wir glitten dahin, so schnell der Schlitten es kann.
Am Wegesrand, da standen die Rehlein so zahm
die Hasen spitzten die Ohren und sahen mich an,
allüberall auf den Tannenspitzen
da sah ich goldene Lichtlein blitzen.

Ich eilte hinaus aus dem weihnachtlich Wald,
da draußen, da wehte der Wind, eiseskalt!
Ich hörte die Englein vom Himmel her singen,
ich hörte die Glocken vom Kirchturm her klingen.
Ich ging von Tür zu Türe und klopfte dort an.
Man hieß mich willkommen, ich war der Weihnachtsmann!"

„Und heute, erzähle, du alter Gesell!
Was ist heute anders, erzähle es schnell!"
„Mein Säcklein? Mein Säcklein reicht heut nicht mehr aus,
einen Sack voll, den braucht ich für jedes Haus.

Doch hab ich verteilet die üppige Pracht,
dann zieh ich allein durch die heilige Nacht!
Und wie ich so wandle im lichten Schein,
und denk an die schönen Zeiten zurück,
an die Zeiten voller Liebe und Glück,
da weiß ich, glaub mir, du liebe Kathrein,
bald wird wieder richtig Weihnachten sein."

Das Schloss der Nebelfrauen

Das Auto fuhr auf der unbelebten Landstraße in den Winterabend hinein. Unheil verkündend jagten schwarze Wolken am Abendhimmel dahin. Es war kühl geworden, und der Wind fegte durch die laublosen Bäume. Die drei Kinder auf dem Rücksitz sprachen über den Besuch bei der Oma, zu dem sie aufgebrochen waren, um dort das Weihnachtsfest zu feiern. Sie schnatterten freudig durcheinander, und die Mama musste tausend Fragen beantworten: „Wie lange werden wir noch fahren müssen?", fragten sie. „Wenn das Wetter nicht noch schlechter wird, hoffe ich, dass wir in zwei Stunden am Ziel sind!", antwortete sie.
Die Kinder schauten zu den Fenstern hinaus. Draußen herrschte kohlschwarze Nacht. Nicht einmal der Mond ließ sich blicken und kein Stern war zu sehen. Nur manchmal gab ein Wolkenfetzen einen kleinen Teil des Mondes frei, aber dann war er auch schon wieder verdeckt.
Der Papa stöhnte: „Seht, jetzt fängt es auch noch an zu schneien! Hoffentlich wird es nicht mehr!" Entzückt drückten die Kinder die Nasen an den Fenstern platt und freuten sich über die kleinen, weißen Sternchen, die gegen die Scheiben flogen und sogleich wieder tauten, so dass viele Tropfen an den Scheiben herunterrannen. Renate sang: „Schneeflöckchen, Weißröckchen, wann kommst du geschneit...."
Der Vater schaltete die Wischer ein und schaute angespannt in die schwarze Nacht. Es schneite von Minute zu Minute mehr. Die Scheinwerfer bohrten ihren Lichtstrahl in einen dichten, weißen Flockenschleier, und rundherum herrschte tiefschwarze Nacht. Die Scheibenwischer fuhren unentwegt hin und her und wischten schwarze Gucklöcher in den weißen Belag, der das Auto zu umschließen schien. Ängstlich verfolgte die Mama durch die Gucklöcher die wirbelnde weiße Masse. Flüsternd fragte sie den Vater: „Wollen wir nicht lieber umkehren?" Er schüttelte den Kopf: „Nein, das hat jetzt keinen

Zweck mehr. Wir sind auf halber Strecke zur Oma, und es schneit jetzt überall. Hoffentlich können wir überhaupt weiterfahren!"

Nur langsam kam das Auto voran. Niemand kam ihnen entgegen, kein Lichterschein, der die Nähe eines Dorfes ankündigte, war zu sehen, schwarze Nacht und weiße Flocken weit und breit. Das Schneetreiben wurde so dicht, dass der Vater den Wagen anhielt. „Ich kann den Weg nicht mehr erkennen. Es ist zu gefährlich, bei dieser schlechten Sicht weiterzufahren. Wir müssen warten, bis das Treiben aufgehört hat!"

Peter fing an zu weinen, und die kleine Irene tat ihm nach. Sie wollten doch zur Oma! Verzweifelt sah die Mutter zu den Kindern und versuchte, sie zu trösten.

Nachdem sie eine Stunde lang auf der Landstraße irgendwo gestanden hatten und der Schneefall kein Ende nahm, fingen die Kinder wieder an zu weinen. Ihre Füße waren kalt! Ratlos fragte die Mutter den Vater: „Was machen wir nun? Es hört nicht auf zu schneien! Was sollen wir tun?" Der Vater sah besorgt aus, er meinte: „Wir müssen aussteigen, wenn wir nicht erfrieren wollen. Wahrscheinlich sind wir nicht weit von einem Dorf entfernt. Dort werden wir hingehen und ein Nachtquartier suchen. Morgen fahren wir dann weiter zur Oma." Dieser Vorschlag fand kein zustimmendes Echo. „Wir wollen aber jetzt nicht laufen, wo wir schon so frieren", schmollte Renate. Die Mutter sagte: „Der Papa wird die Irene auf den Arm nehmen, und ich gehe mit Peter und Renate hinterher. Ganz dicht, damit wir uns nicht verlieren!"

Sie verließen das Auto. Die Mutter fasste die beiden Kinder bei der Hand, der Vater verschloss das Auto und nahm Irene auf den Arm. Der Wind trieb ihnen den Schnee ins Gesicht, und im Nu waren ihre Mäntel und Mützen weiß. Der Weg war schwierig, und keiner wusste, wo er hinführen würde. Nichts war zu sehen, rundum undurchdringliche Finsternis und die weißen Flocken vor dem Gesicht.

Sie stapften durch den Schnee und atmeten schwer. Keiner sagte etwas. Sie gingen weiter und weiter, und die Kinder schluchzten verzweifelt. Plötzlich rief die kleine Irene mit heller Stimme: „Da hinten brennt ein Weihnachtsbaum!" Die anderen wollten es nicht glauben und durchbohrten mit ihren Blicken die Finsternis, aber nichts war zu sehen. Und wieder rief das kleine Mädchen: „Aber ich sehe ihn ganz deutlich, da steht er doch!" Wieder hielten sie hoffnungsvoll Ausschau nach dem ‚Weihnachtsbaum', und jetzt erblickten sie ihn. Er schien fast greifbar nahe vor ihnen zu stehen. Sicher war hier der Anfang eines Dorfes. Erleichtert atmeten sie auf und tappten auf den Baum zu. Da standen sie auf einmal vor einem alten grauen Schlösschen, und hinter einem Fenster stand der Weihnachtsbaum, der ihnen den Weg gezeigt hatte.

„Sicher ist das hier ein altes Jagdschlösschen", meinte der Vater. Die Kinder klatschten in die Hände und jubelten.

Da wurde die Haustür geöffnet, und eine zierliche Frau bat sie mit einer einladenden Handbewegung, näherzutreten. Zaghaft stiegen die Eltern mit den Kindern die Stufen hinauf, und als sie das Haus betraten, kamen zwei weitere, zierliche Frauen auf sie zu. Strahlend knicksten die Mädchen vor den Damen, und Peter blieb vor Staunen der Mund offen stehen. Der Mama liefen die Tränen über das Gesicht, und der Papa ergriff ihre Hand. Sie waren glücklich über die wunderbare Rettung, die ihnen in dieser Nacht zuteil geworden war, und sie waren benommen von dem Anblick, der sich ihnen bot. Da stand der Weihnachtsbaum, der ihnen den Weg gewiesen hatte. Er reichte von der Erde bis zur Decke, glänzte und glitzerte in Gold und Silber, und unzählige Kerzen brannten auf seinen Zweigen. Stumm verharrten sie vor dem Baum und konnten sich von dem herrlichen Anblick nicht lösen.

Erst jetzt bemerkten sie, dass viele kleine, zierliche Frauen in dem Raum umherhuschten. Sie schwebten mehr als sie gingen. Sie hatten graue oder hellblaue Kleider aus feinstem Gewebe an, ihre lockigen Haare fielen bis auf die Schultern hinab und sie schauten freundlich aus ihren großen, dunklen Augen auf die späten Besucher.
Eines der zauberhaften Wesen bedeutete ihnen, Platz zu nehmen. Auf einem weichen Sofa mit vielen Kissen kuschelten sich die Kinder ein, und die Mama und der Papa nahmen auf kleinen, zierlichen Sesseln Platz. Eine der Feen schwebte heran und stellte silberne Tässchen auf einen kleinen Tisch. Eine andere brachte eine Kanne mit heißem Tee und noch eine kleine Fee stellte eine Schüssel mit Backwerk dazu.
Die späten Gäste waren wie verzaubert. Die Mama goss, wie im Traum, den Tee in die Tässchen, und die Kinder knusperten die köstlichen Plätzchen, die wie glitzernde Sterne aussahen und mit Nüssen und Mandeln belegt waren.
Da erklang aus dem hinteren Teil des Raumes zarte Musik. Sie wandten die Köpfe und sahen, dass eine der lieblichen Feen auf einer goldenen Harfe spielte, und nun sangen all die Feen, die im Halbkreis um die Harfenspielerin standen, ein Weihnachtslied, das so wunderschön klang, dass man sich wünschte, die schöne Musik möge nie zu Ende sein.
Die Lichtchen auf dem Baum flackerten, und nun sahen die Kinder, dass tief in den Zweigen kleine Vögelchen schliefen. Ganz still verhielten sie sich, niemand wollte den Zauber stören, oder gar durch ein unbedachtes Wort beenden.
Als die Kerzen schon halb heruntergebrannt waren, pochte es an der Haustür, und zwei Feen liefen geschwind dahin, um sie zu öffnen. Lachend stand ein großer Mann vor der Tür. Sein Gesicht war von der Kälte gerötet, und er rieb sich die Hände. Er trug einen langen, roten Mantel, unter dem schwarze Stiefel hervorschauten. Seine große, rote Mütze und der Mantel waren mit feinem weißen Pelz besetzt.

Die Frauen klopften ihm den Schnee aus den Kleidern, und er kam herein. Er sah so fröhlich und gut aus, dass die Kinder keine Angst bekamen. Der Mann ging auf einen großen Lehnstuhl zu, der dicht am Kachelofen stand. Dort setzte er sich hin, und die kleinen Damen halfen ihm lachend aus den schwarzen Stiefeln. Riesige Filzlatschen wurden vom Ofen genommen, die er an die Füße zog. Dann reichte eine der Feen ihm eine lange Pfeife, aus der auch bald weiße Wolken aufstiegen.

Die Lichtlein brannten weiter und weiter, und als sie fast heruntergebrannt waren, sah die Mutter, dass die Kinder eingeschlafen waren. Zufrieden lagen sie auf dem weichen Sofa. Dann schlief auch sie ein. Der Vater sah noch, dass die Lichtlein erloschen, dann schlief auch er.

Der Morgen brach an, und auf der Landstraße stand ein Auto, das rundherum mit Schnee bedeckt war. In dem Auto regte es sich. Der Papa und die Mama wachten gleichzeitig auf. Sie schauten sich glücklich an und wünschten einander ein frohes Weihnachtsfest.

Der erste Sonnenstrahl fiel aus einem klaren, blauen Himmel in den Wagen. Fröhlich erwachten die Kinder und riefen: „Das war ein schönes Weihnachtsfest! Es war so schön, dass wir es nie vergessen werden!"

Sie erzählten von einem Weihnachtsmann und einem großen Tannenbaum, von schlafenden Vögelchen und singenden Feen, und dann fragten sie: „Wo sind wir jetzt?" „Wir fahren gleich zur Oma!", sagte die Mutter, „aber erst wollen wir etwas essen. Ihr werdet sicher Hunger haben?!"

Die Kinder sahen neugierig auf das Körbchen, das die Mutter hervor holte. Sie goss aus einer Kanne heißen Tee in die Becher und nahm duftende Plätzchen aus dem Korb, die wie glitzernde Sternchen aussahen und mit Nüssen und Mandeln belegt waren.

Der Papa stieg aus dem Wagen und fegte den Schnee von den Scheiben, dann ließ er den Motor an und fuhr ganz langsam ab. Ihre Blicke schweiften suchend durch die Gegend, aber nirgends war etwas zu sehen, überall nur Schnee und Sonnenschein und am Straßenrand ein kleines Wäldchen, in dem ein graublauer Nebelstreif sich langsam in der Sonne auflöste.

Das Engelsbild

Herr Schleiermann schloss die Tür seines Geschäftes hinter der jungen Frau, der letzten Kundin am Weihnachtsabend. Missmutig sah er den Schneematsch an der Türscheibe herunter laufen und meinte: „Das Weihnachtswetter ist auch nicht mehr so, wie es früher mal war!"
Herr Schleiermann strich seinen Anzug glatt und zog die seidene Krawatte gerade. Seine hohe, schlanke Gestalt straffte sich, und seine grauen Augen blickten nun zufrieden, ja etwas belustigt, auf den grauen Fleck an der Wand, dorthin, wo bis vor wenigen Minuten das alte Bild mit den pausbackigen Engelsköpfen gehangen hatte. Es war kein kostbares Bild gewesen, aber es war ein altes Bild, das seine eigene Geschichte hatte. Vor einer Stunde war die junge Frau in das Geschäft gekommen und hatte sich suchend umgeschaut. Ihr Blick war an der kleinen, chinesischen Vase hängen geblieben. „Schön ist sie, bildschön!", hatte sie gesagt, und er hatte gefragt: „Soll sie ein Geschenk für Sie werden? Viele Damen kommen zu mir und suchen sich ihr Geschenk selbst aus!"
Sie hatte etwas wehmütig gelächelt und kaum hörbar gesagt: „Nein, nein! Ich bekomme nichts geschenkt, ich lebe allein!"
Dann hatte sie sich wieder suchend umgesehen und auf seine Frage, was sie für einen Wunsch habe, geantwortet, dass sie in dem Antiquitätengeschäft wohl nicht am rechten Ort sei, da sie ein ganz bestimmtes Bild suche. „Engelsköpfe!", hatte sie gesagt. „Engelsköpfe?", hatte er gefragt. „Da, sehen Sie das Bild dort an der Wand? Es hängt schon einige Jahre dort, es könnte Ihrem Wunsch entsprechen!"
Sie hatte das Engelsbild betrachtet und mit einem Seufzer der Erleichterung festgestellt: „Das ist es! Ja, genau das ist es! Mein kleiner Sohn hat es sich zu Weihnachten gewünscht!"
Sie hatte ein verknittertes Stück Papier aus der Tasche gezogen und auf die wackelige Schrift gewiesen. „Opas Engelsköpfe" stand auf dem Papier. Erstaunt hatte Herr Schleiermann

gesagt: „Opas Engelsköpfe? Weshalb schreibt Ihr kleiner Sohn ‚Opas Engelsköpfe'?" Sie hatte gelacht und erzählt, dass ihr Vater als Kind ein solches Engelsbild besessen und jedes Jahr zu Weihnachten eine Geschichte davon erzählt habe. „Nun suche ich schon lange nach einem Engelsbild, und endlich, so kurz vor der Bescherung, finde ich es hier!" Dann hatte Frau Müller, die schon zum Weggehen bereit war, geschwind das Bild in buntes Papier gewickelt und kurz vor der späten Kundin mit frohen Wünschen für das Fest das Geschäft verlassen.

Herr Schleiermann schaute auf den leeren Fleck an der Wand, dann nahm er die Vase in die Hand und betrachtete sie liebevoll. „Ja, sie ist wirklich schön, sie gehört zu meinen Lieblingsstücken.", dachte er. Bedächtig stieg er die gewundene Treppe hinauf in seine Wohnung. Im Wohnzimmer stand ein Weihnachtsstrauß. Frau Müller hatte ihn mitgebracht und von dem kostbaren Weihnachtsschmuck, der schon den Baum zierte, als seine Frau noch lebte und die Kinder im Haus waren, einige Glocken und Kugeln daran gehängt. Er lächelte versonnen. Es machte ihn glücklich, den alten Schmuck in jedem Jahr an einem Strauß oder einem kleinen Bäumchen zu sehen. Er nahm am Kamin Platz und schenkte sich ein Glas von dem schweren, roten Wein ein. Voller Wohlbehagen nippte er daran und dachte: „Ich werde lesen, einige Briefe schreiben, Spaziergänge unternehmen, und am zweiten Feiertag ein Konzert besuchen. Wie schön, einmal vor sich hinzuträumen!"
Er griff nach der Weihnachtspost, die neben ihm auf dem kleinen Tisch lag. Er hatte sie noch nicht gelesen, er hatte sie für seine Mußestunde aufbewahrt. Eine Karte aus Kalifornien von seinem ältesten Sohn war eingetroffen, und außerdem eine bunte Weihnachtskarte von Sybille, seiner Tochter, die sich mit ihrem Lebensgefährten auf einer Kreuzfahrt befand, und ein Brief von Alfons, dem jüngsten Sohn. Der war mit seiner Familie unterwegs, er wollte in die Berge zum Skilaufen.

„Keiner bleibt zu Hause, ich bin allein hier - das ist es wohl, was Frau Müller veranlasst, sich um mich zu kümmern."
Genussvoll nahm er wieder einen Schluck aus dem Glase. Er schaute in die Glut - das Bild mit den Engelsköpfen schien über den Flammen zu schweben. Er schloss die Augen und dachte an vergangene Zeiten, und die Geschichte von dem Engelsbild zog an ihm vorüber: „Es war kurz nach dem Krieg, ich wohnte noch bei meinen Eltern auf dem Bauernhof. Die Menschen litten Hunger, besonders die Bewohner der großen Städte. Sie zogen in Scharen auf die Dörfer, um ihre Schätze gegen Brot, Kartoffeln, ein Stück Speck oder Gemüse zu tauschen. ‚Den Bauern fehlt nur noch der Teppich im Schweinestall und das Klavier im Kuhstall', spotteten die Stadtleute grimmig.
Mein Vater war sehr gutmütig und nahm oft den billigsten Krimskrams an für ein paar Pfund Kartoffeln als Bezahlung. In der Scheune stapelte sich das Zeug. Bilder, Teppiche, ja sogar kleine, antike Möbelstücke waren dabei.
Als die Zeiten besser geworden waren und die Leute nicht mehr aufs Land zu fahren brauchten, um Lebensmittel zu ergattern, sortierte ich den Krempel. Mein Vater wusste nichts damit anzufangen, aber ich als Kaufmann und Kunstliebhaber fand so manchen Schatz. Sicher, es war kein Rembrandt dabei, auch kein übermaltes Bild eines anderen großen Meisters, doch fand ich einige schöne Dinge.
Eines der Bilder aber amüsierte mich sehr. Es war ein Bild mit zwei Engelsköpfen. Die pausbackigen Gesichter waren rosig und wurden von großen, weißen Flügeln umrahmt. Ich fragte meinen Vater, wie er zu dem Bild gekommen sei und was er für diesen Kitsch abgegeben habe. Er lachte und erzählte, dass eine alte Frau das Bild gebracht und um ein paar Kartoffeln gebeten habe. Sie habe gesagt, dass es ihre einzige Kostbarkeit sei, die sie noch besitze.
Eigentlich hatte er das Bild für die paar Kartoffeln nicht annehmen wollen, doch sie hatte gesagt, dass alles seinen Preis

habe, und ihm das Bild in die Hand gedrückt. Er hatte ihr dann noch ein Stück Speck dazu gegeben, und dankbar hatte sie gesagt, dass ihr die Engel nun großes Glück gebracht hätten.

Ich habe dann, als mein Vater gestorben war, in dem alten Fachwerkhaus einen Antiquitätenladen eröffnet. Auf ein schiefes Brett habe ich in weißen Buchstaben ‚Antiquitäten' geschrieben, und der Zuspruch war sehr groß. Nun kamen die Leute aufs Land, um Kostbarkeiten zu kaufen. Ich habe in den Dörfern nach alten Bildern und Kaminplatten gesucht, und das Geschäft wurde größer, und zuletzt habe ich sogar das Fachwerkhaus verkauft! Ein Hotelier hat es übernommen und darin ein schönes Restaurant eröffnet. Ich habe in der Stadt das Haus gekauft, in welchem ich nun ein vornehmes Geschäft führe und meine geliebten Antiquitäten verkaufe."

Herr Schleiermann war eingeschlafen und teilte im Traum seinem Vater mit, dass er nun das letzte Stück aus dem alten Bestand verkauft habe. Plötzlich wurde der Kunsthändler durch das schrille Läuten des Telefons aus seinem Schlaf und Traum gerissen. Verwirrt schaute er sich um. Das Telefon läutete noch immer. Er meldete sich schläfrig, und eine Kinderstimme fragte: „Bist du der Weihnachtsmann, der mir das schöne Engelsbild gebracht hat? Meine Mama hat gesagt, dass ich dich anrufen darf, weil ich mich bedanken will!"

Herr Schleiermann, der soeben ernannte Weihnachtsmann, antwortete: „Ja, der bin ich. Das Engelsbild ist für dich, damit die Engel auf dich aufpassen können, und ich habe soeben von dem schönen Bild geträumt." „Was hast du denn geträumt? Erzählst du es mir? Meine Mama hat gesagt, dass du uns vielleicht besuchen kommst, wenn ich dich darum bitte. Kommst du morgen, wenn du mit den Bescherungen fertig bist und wieder wie alle anderen Leute leben kannst? Kommst du mit dem Schlitten?" Der Weihnachtsmann sagte mit ernster Stimme: „Mein Schlitten kann nur auf hohem Schnee gleiten. Ich komme, wie andere Leute auch, mit dem Auto. Ist das recht?"

Der Kleine nickte zustimmend, was jedoch der Weihnachtsmann nicht sehen konnte.
Die Stimme der jungen Frau meldete sich: „Sie würden uns wirklich besuchen? Wir gehen morgen in die Kirche. Können wir uns nach dem Gottesdienst sehen?" Herr Schleiermann sagte, dass er kommen und mit ihnen in ein wunderschönes, altes Fachwerkhaus fahren werde. Dort könnten sie das Weihnachtsmahl einnehmen, wozu er sie herzlich einladen möchte.

Der Weihnachtsmann wurde plötzlich sehr munter. Er erhob sich aus seinem Sessel und ging in die Diele. Dort warf er einen langen Blick in den Spiegel. Er fuhr sich mit der Hand über das Haar und lächelte seinem Spiegelbild zu. Er stellte zufrieden fest, dass er dem Weihnachtsmann nicht ähnlich sah. Dann ging er die Treppe hinunter in das Geschäft, um die kleine, chinesische Vase zu holen. Wieder schaute er auf die kahle Stelle an der Wand neben dem Schrank. „Die lieben kleinen Weihnachtsengel haben jetzt auch mir Glück gebracht", dachte er.
Er schrieb seinen Namen auf einen Geschenkanhänger, auf dem „Frohe Weihnachten" stand, und befestigte ihn an der Vase. Er sah aus dem Fenster. Es hatte aufgehört zu regnen. Einige helle Sterne waren am Himmel zu sehen, und der Kunsthändler schaute frohen Herzens zu ihnen auf. Er freute sich auf den Besuch in dem alten Fachwerkhaus, in das er morgen die junge Frau mit ihrem Kinde führen würde.

Der Weihnachtszug

Die Laternen auf dem Bahnsteig verbreiteten nebeliges Licht. Ein langer Zug mit hell erleuchteten Fenstern war soeben eingefahren. Die mächtige Lokomotive schnaufte ungeduldig, so, als könne sie die Weiterfahrt nicht erwarten; sie schien von dem Drang, die Reise in höchster Geschwindigkeit fortzusetzen, erfüllt zu sein. Sie wollte, dem Winterwetter zum Trotz, immer weiter eilen, durch die Nacht, durch Städte und Wälder, an Flüssen entlang, hastig an schlafenden Dörfern vorbei und ihren Pfeifton in stillen Wäldern erklingen lassen. Endlich bekam sie das Zeichen zur Weiterfahrt. Grell tönte ihr Pfiff in den Abend. Sie schnaufte hochmütig und glitt davon. Nicht einmal mehr ein Rauchwölkchen war zu sehen, nur die roten Schlusslichter schimmerten noch eine Weile durch den abendlichen Dunst.

Am anderen Bahnsteig aber stand ein kurzer Zug mit nur zwei Wagen und einer kleinen Lokomotive - die Bimmelbahn. Sie fuhr täglich mehrmals zwischen der Stadt in der Ebene und der Stadt in den Bergen hin und her, und wenn sie den Bahnhof verließ, dann bimmelte sie freudig, und wenn sie ihr Ziel erreicht hatte, dann bimmelte sie wieder. Die Fahrt dauerte jeweils fünfzig Minuten. An Sonn- und Feiertagen fuhr sie in größeren Abständen, und heute, am Heiligen Abend, zum letzten Mal um sechzehn Uhr. Eine weitere Fahrt wäre auch unnötig gewesen. An diesem Abend verreisten die Menschen nicht. Sie blieben zu Hause und schmückten ihre Weihnachtsbäume, und sie gingen in die Kirche.

Der Bimmelbahnschaffner schaute auf die große, runde Uhr, die an einem hohen Pfeiler angebracht war. In fünf Minuten würden sie die letzte Fahrt des Tages antreten. Die Fahrgäste, die noch in die Stadt in den Bergen wollten, waren schon eingestiegen. Eigentlich hätte der Zug abfahren können, aber er wartete geduldig auf das Startzeichen. Gerade als das Signal gegeben wurde, eilten zwei junge Männer auf die Bahn zu. Sie

schwenkten ihre Taschen und Geigenkästen. Der Schaffner hielt ihnen die Tür des Wagens auf. Schnell stiegen sie ein, erfreut darüber, dass sie die Bimmelbahn noch erreicht hatten. Langsam, so als habe alles keine Eile, setzte sich der kleine Zug in Bewegung. Natürlich konnte die Bimmelbahnlokomotive auch schnaufen, und das tat sie nun, aber nicht hochmütig. Ab und zu bimmelnd würde sie die Fahrgäste sicher und ohne großes Aufsehen in die Berge bringen.
Die jungen Männer legten ihre Taschen und Geigenkästen ins Gepäcknetz und setzten sich auf eine Bank gegenüber einem jungen Mädchen, das sie mit Wohlgefallen betrachteten. Der Schaffner schnarrte mit rollendem „R": „Die Fahrkarten bitte!" und grüßte die Frau, die auf der ersten Bank saß. Neben ihr, auf dem Gang, stand ein großer Korb. Er war mit einem Tuch bedeckt, auf dem ein Tannenzweig lag. Ihre beiden Kinder schauten zum Fenster hinaus und versuchten, die Dunkelheit mit den Blicken zu durchdringen. Der Schnee fiel in so dichten Flocken, dass die Fensterscheiben von der weißen Masse bedeckt waren.
„Guten Tag, Frau Müller. Wollen Sie zu Ihrer Mutter?" Frau Müller nickte: „Wir wollen gemeinsam feiern. Meine Schwester kommt auch, wir haben uns lange nicht gesehen. Sie kennt die Erika und den Peter noch nicht." Erika und Peter wurden aufgefordert, dem Herrn Schaffner die Hand zu reichen.
Mit wichtiger Miene gab der Schaffner die Fahrkarten zurück. Danach kontrollierte er die des alten Mannes, der, die Hände fest auf die Krücke seines Stockes gestützt, die beiden Kinder beobachtete. Seine Blicke eilten öfter zu dem Korb auf dem Gang. Er hätte genau so gern wie Erika und Peter gewusst, was sich darin verbarg. Neben dem Mann saß eine Frau, die ihre Fahrkarte umständlich aus einem Täschchen zog, um sie dem Schaffner zu reichen.

Der Schaffner wandte sich nun den Fahrgästen zu, die auf der anderen Seite des Ganges Platz genommen hatten. Natürlich nahm er zuerst die Karte der älteren Frau, die eine Brille mit dicken Gläsern trug, entgegen. Ihre grauen Haare schauten unter einem schwarzen Hut hervor. Ihr kleiner Mund blieb fest geschlossen, nicht einmal ein Lächeln umspielte ihn. Sie streifte die schwarzen Wollhandschuhe von den Händen. Alle schauten zu ihr hin und dachten: „Die ist bestimmt eine Lehrerin."
Das junge Mädchen, das neben der Lehrerin saß, fragte lächelnd den Schaffner: „Werden wir pünktlich sein, Herr Schaffner?" „Wir sind immer pünktlich, wenn auch unsere Strecke recht beschwerlich ist, besonders jetzt bergauf - und das bei dem Wetter. Es schneit ja ununterbrochen!"
Er wandte sich den beiden jungen Männern zu: „Der Fritz und der Franz! Wieder mal zu Hause? Was macht das Studium?"
„Danke", sagte Fritz. Seine hellen Augen leuchteten, und die Sommersprossen um Nase und Mund betonten sein heiteres Aussehen. „Es geht so. Leider müssen wir zu Silvester wieder weg. Wir wirken in einem Neujahrskonzert mit, im Rundfunk!" Fritz lehnte sich wichtig auf seinem Sitz zurück, wobei er nicht vergaß, sein Gegenüber mit einem freundlichen Lächeln zu bedenken. „Oh", meinte der Schaffner anerkennend, und sich an den anderen jungen Mann wendend, sagte er: „Und dem Franz geht es sicher auch gut, man sieht es ihm an."
Franz errötete, er warf geschwind dem jungen Mädchen einen Blick zu. Der Schaffner setzte sich auf die letzte Bank und zog ein Buch, das mit einem dicken Gummiband verschlossen war, aus der Tasche.
Der Zug fuhr schnaufend bergauf, und ab und zu bimmelte er, was die beiden Kinder entzückte. Auf der nächsten Station stieg der Schaffner in den anderen Wagen um. Frau Müller schaute auf die Uhr und murmelte: „In zwanzig Minuten sind

wir da." Sie rückte an dem Korb, als wolle sie ihn beiseite schieben, obwohl er niemandem den Weg versperrte.
Die Bahn schnaufte heftiger, jetzt hatte sie die letzte Steigung zu bewältigen. Sie stampfte durch den Wald und zog eine funkensprühende Fahne hinter sich her. Es sah aus, als entzünde sie in einem fort Wunderkerzen zur Feier des Tages.
Plötzlich begann die kleine Lokomotive heftig zu bimmeln, dann gab es einen Ruck, und die Bahn stand still. Die Fahrgäste schauten sich verwundert an. „Hier ist doch keine Haltestelle", sagte der Fritz und öffnete das Fenster. Der Schnee wehte herein, und prustend zog er es wieder zu. „Wir sind gerade am Waldesende, dicht vor der Station. Ich geh mal raus, mal sehen, was los ist!"
Nach einer Weile kam er mit dem Schaffner zurück. Sie klopften sich den Schnee von den Kleidern, und der Schaffner erklärte: „Ein Baum liegt quer über den Gleisen, ist vor einer Stunde umgekippt. Sie sind schon dabei, ihn wegzuräumen. Kann nicht mehr lange dauern, bis wir weiterfahren!"
Nun redeten alle aufgeregt durcheinander, und das junge Mädchen sagte spöttisch: „Wir kommen immer pünktlich an!" Die Lehrerin sah besorgt aus und stöhnte: „Auch das noch! Ich muss zur Christnacht in der Kirche sein, ich spiele die Orgel!" Ihr kleiner Mund zog sich noch mehr zusammen, doch der Schaffner tröstete sie: „Sie kommen noch zur rechten Zeit in Ihre Kirche. Aber bitte, halten Sie die Türen geschlossen, es könnte sonst sehr kalt hier drin werden. Rechne, dass wir spätestens in einer halben Stunde weiterfahren!"
Das Licht im Wagen wurde dunkler, es flackerte, und dann erlosch es. Die Kinder quietschten vor Freude: „Jetzt kommt das Christkind!"
„Nun ist wirklich Weihnachten. Wir stecken mit der Bimmelbahn im Schnee, und die Kinder freuen sich aufs Christkind. Schade, dass es so dunkel ist", sagte der Franz, der bis jetzt kaum gesprochen hatte, und sich an die Lehrerin wendend meinte er: „Jetzt fehlt uns Ihre Orgel!" Frau Müller angelte ein

Päckchen mit Kerzen aus dem Korb: „Wir werden Weihnachten im Zug feiern. Hat jemand Streichhölzer oder ein Feuerzeug dabei? Wir können die Lichtchen anzünden!"
Fritz reichte ihr ein Feuerzeug. Die kleine Flamme flackerte unruhig. Frau Müller hielt eine Kerze daran, und als sie brannte, bat sie: „Kleben Sie sie bitte aufs Fensterbrett und noch eine! Und auf unsere Seite auch zwei!"
Sie entzündeten vier Lichtchen, und Frau Müller lehnte den Tannenzweig an die Fensterscheibe. „Ist das hübsch!" meinte die Lehrerin, „zu Hause hätte ich allein gefeiert." Ein kleines Lächeln umspielte ihren schmallippigen Mund.
Die Kinder liefen vergnügt auf dem Gang entlang und riefen: „Jetzt ist Weihnachten! Gleich kommt der Knecht Ruprecht aus dem Wald!" Dann wurden sie still - so ganz entzückt schienen sie nun von dem Gedanken nicht mehr zu sein. Sie setzten sich brav neben die Mutter. Die alte Frau, die an der Seite des Mannes saß, der noch immer die Hände über dem Krückstock gefaltet hielt, nahm eine Tasche aus dem Gepäcknetz. Sie kramte eine Weile darin herum, und schließlich zog sie eine Tüte heraus. „Hier habe ich Weihnachtsplätzchen, gestern erst gebacken, nach einem uralten Rezept. Ich backe sie in jedem Jahr. Bitte, greifen Sie zu, aber nehmen Sie gleich zwei. Die werden Ihnen schmecken!"
Sie knusperten die Plätzchen. Der Fritz zog die beiden Geigen aus dem Gepäcknetz. und reichte eine seinem Bruder. Sie stellten sich auf den Mittelgang und stimmten die Instrumente. Es zirpte so nett, dass der Peter kichernd meinte: „Das ist aber ein komisches Weihnachtslied!"
Franz und Fritz spielten für die Kinder „Morgen kommt der Weihnachtsmann" und danach „Leise rieselt der Schnee". Als alle in die Melodie einstimmten, hörten sie, dass auch die Lehrerin mitsang. Das klang so schön, dass sie sie baten, doch ein Lied allein zu singen. Sie zierte sich nicht, sie sang mit heller Stimme.

Ganz still saßen sie nun auf ihren Plätzen. Die Flämmchen der Weihnachtskerzen flackerten leise, und es war so schön in dem Zug, dass sie, die sich vor einer Stunde noch nicht gekannt hatten, glaubten, eine große Familie zu sein.
Plötzlich ruckte der Zug an, er schnaufte und bimmelte und fuhr weiter in den Weihnachtsabend hinein.
Die Kerzen brannten noch, doch die Lampen wurden wieder hell, und die Kinder klagten: „Schade, dass der Weihnachtszug schon wieder weiterfährt!"
Die Lehrerin fragte die Geigenspieler: „Wollen Sie nicht mit mir in die Kirche gehen? Sie könnten dort spielen, es würde sehr schön werden, und die Kirchgänger hätten ein zusätzliches Weihnachtsgeschenk - Sie spielen nämlich sehr gut!"

Sie hatten längst den Zug verlassen, als die Glocken zur Christnacht riefen. Der Weihnachtszug stand still auf seinem Gleis und der Schnee hüllte ihn ein. Er sah aus wie ein Zug aus dem Märchenlande, und in der kleinen Lokomotive zuckten in der Asche die letzten Glutpunkte, die wie goldene Sterne leuchteten.

Ein Weihnachtsbrief

Liebe Tante Hildegard,
wieder einmal ist Weihnachtszeit, und ich denke an Dich und wünsche Dir ein frohes, gesundes Fest. Eigentlich hätte ich eine schöne Karte schicken müssen, mit einem Tannenzweig und einer Kerze darauf, oder mit einem riesigen Weihnachtsbaum auf einem Marktplatz in einer alten Stadt. Unter dem Bild steht in Gold- oder Glitzerschrift „Ein frohes Weihnachtsfest", und manchmal noch „…..und ein gesundes Neues Jahr". Auf die andere Seite der Karte schreibt man seinen Namen und vielleicht noch: „Wie geht es Euch? Haben lange nichts voneinander gehört. Schreibt doch mal!"
Sicher hast Du schon viele solcher Karten erhalten, aber ich schreibe Dir einen Brief. Ich denke an die Weihnachtsfeste zu Hause, vor vielen, vielen Jahren, die wir gemeinsam verlebten. Weißt Du noch? Ja, Du weißt noch! Und schon habe ich so viele Fragen, die Du alle beantworten kannst. Gestern Abend, als ich endlich Zeit für eine kurze Ruhepause fand, da fiel mir wieder alles ein. Habe ich mit wachen Augen geträumt, oder war ich ein wenig eingeschlafen? Ich weiß es nicht - spielt auch keine Rolle! Aber ich will Dir erzählen, was mir da alles in den Sinn gekommen ist.
Es war so, wie immer in der Weihnachtszeit. Ich ging am Abend in Deine Stube in der Hoffnung, dass Du mir wieder ein Märchen oder eine Geschichte vorlesen würdest. Ich blieb an der Tür stehen und sah ein Bild, das ich bis heute nicht vergessen habe. Du saßest im Sessel. Auf Deinem Schoß lag ein Buch, das herunterzurutschen drohte. Deine Hand hielt es nicht mehr fest, Du warst eingeschlafen. Auf dem Tisch neben Dir brannten auf dem Adventskranz, der an dem hölzernen Ständer hing mit dem goldenen Stern ganz oben, vier Kerzen. Der vierte Advent war also schon gewesen, sonst hättest Du nicht vier Kerzen angezündet.

Ich verhielt mich ganz leise, ich wollte Dich nicht wecken. Du lächeltest, Du hast sicher geträumt, nur weiß ich bis heute nicht, ob Du wach oder eingeschlafen warst. Auf Zehenspitzen ging ich ganz dicht an Dich heran. Meine kleine Hand, ich war wohl gerade fünf Jahre alt, strich liebkosend über Deinen Arm. Nun glitt das Buch von Deinem Schoß, aber ich hob es nicht auf. Ich schaute in Dein liebes Gesicht. Mir schien, als würdest Du plötzlich noch mehr lächeln als zuvor.

Die Kerzen flackerten leise und warfen herrliche Schatten auf die weiße Tischdecke. Vor dem Fenster waren die Vorhänge geschlossen, und aus dem großen Kachelofen knisterte es ab und zu. Alles war so schön! Und wie ich das Bild noch vor mir sehe, so glaube ich auch, den Weihnachtsgeruch, der über all dem schwebte, wahrzunehmen.

Ich stand eine Weile ganz still, dann ging ich auf Zehenspitzen zur Tür. Als ich gerade die Klinke herunterdrücken wollte, hörte ich ein Geräusch, und schnell drehte ich mich zu Dir um. „Willst du schon gehen?", fragtest Du, und ich staunte: „Schläfst du nicht mehr, Tante Hildegard?" Ohne eine Antwort abzuwarten - ich glaube, Du sagtest auch nichts - kam ich sofort zurück, holte die Fußbank heran und setzte mich ganz dicht zu Dir. Erwartungsvoll schaute ich Dich an, Du meintest: „Nun hol schon das Buch. Es liegt im Regal, du kennst es ja!"

Sofort nahm ich das Buch aus dem Regal. Nun hob ich auch das Buch auf, welches Dir vom Schoß gefallen war. Es war in braunes Leder gebunden, es hatte nicht einmal ein Weihnachtsbild auf der Titelseite. Erstaunt fragte ich: „Was liest du für ein komisches Buch? Unser Buch hat so einen schönen Weihnachtsbaum vorne drauf! Aber das hier hat nur Schrift!"

„Es ist ein Gedichtband. Es sind sehr schöne Weihnachtsgedichte darin."

Ich befürchtete, dass Du mir ein Gedicht vorlesen würdest, und sagte eilig: „Mir gefällt es nicht. Gedichte sind zu kurz. Lies mir lieber eine Geschichte vor, eine ganz lange!" Wir

suchten gemeinsam eine Geschichte aus. Natürlich kannte ich sie alle, aber sie waren immer wieder schön. Es war eigenartig! Wenn ich die Geschichten hörte, wünschte ich mich nicht dorthin, wo eine Geschichte spielte, nein, ich war am rechten Platz, in Deiner Weihnachtsstube.
Am nächsten Abend kam ich wieder. Du stecktest gerade neue Kerzen auf den Kranz und fragtest: „Schneit es immer noch? Dann muss sicher der Schneepflug noch in der Nacht fahren!"
„Es hat aufgehört zu schneien. Als wir vom Rodeln gekommen sind, war alles ganz weiß. Wir haben kaum gucken können. Ich habe immer nach den Flocken gegriffen, die dicht vor meinen Augen tanzten." „Ach, du warst zum Rodeln? Sicher war es schön. Mein Gott, wann war ich zum letzten Mal zum Rodeln?"
Ich beantwortete Deine Frage: „Bestimmt, als du noch zur Schule gegangen bist! Oder warst du auch rodeln, als du schon groß warst?"
Du nicktest und erzähltest: „Ich muss damals ungefähr achtzehn Jahre alt gewesen sein. Es war eine Woche vor Weihnachten. Wir probten ein Theaterstück, das am ersten Weihnachtstag aufgeführt werden sollte. Drei Freundinnen von mir spielten in dem Stück mit. Wir saßen an Spinnrädern auf der Bühne, sangen ein Lied, und jede von uns trug ein buntes Dirndl-Kleid. Wir sahen sehr schön aus.
Als wir nach Hause gehen wollten, hüllten wir uns in unsere Mäntel, und da es sehr kalt war, kam noch ein Schal darüber. Auf einmal sagte meine Freundin Rena: ‚Wollen wir zum Rodeln gehen?'. Wir waren sofort einverstanden. Schlitten waren schnell organisiert, und so zogen wir zu viert mit zwei Schlitten durchs Dorf. ‚Wir gehen aber nicht zum Rodelhügel, auf dem die Kinder sind. Wir gehen raus zum Krupfelberg!'
Wir stolperten durch den hohen Schnee, und unsere Füße waren schon eiskalt, bevor wir auf dem Berg angekommen waren. Rena und ich glitten langsam auf unserem Schlitten talwärts. Nachdem wir einige Male hinuntergefahren waren,

wurde die Bahn glatt und wir sausten wir in hoher Geschwindigkeit davon. Wir jubelten vor Freude wie die kleinen Kinder und waren froh, dass uns niemand beobachten konnte. Doch plötzlich kam der andere Schlitten zu dicht an uns heran. Er rammte uns, kam ins Schleudern, und wir purzelten runter, hinein in den Graben. Das wäre ja noch nicht so schlimm gewesen, aber der Graben war von einer Windswehe zugedeckt, und wir sanken tief in den Schnee. Wir prusteten und ruderten mit den Armen, aber es half nichts. Zuletzt lagen wir übereinander und hatten Mühe, unsere Arme und Beine auseinander zu sortieren.

Inzwischen war es Abend geworden. Es war so ein wunderschöner Abend, dass man glauben konnte, er sei der Heilige Abend. Die Sterne leuchteten klar vom Himmel, und der Schnee glitzerte silbrigweiß. Wir waren nun ganz still. Wir fassten uns an den Händen und gingen zum Dorf zurück. Wir hatten das Gefühl, aus einer Andacht zu kommen. Nach einer Weile sagte Rena: ‚Kommt mit zu mir. Ich habe gestern Kuchen gebacken, ich koche uns Kaffee!'

Begeistert von der Einladung zogen wir, wie die Schneemänner, im Hause von Renas Eltern ein. Ihre Mutter empfing uns lachend und klopfte unsere Mäntel vor der Türe mit dem Handfeger ab. In der Küche stellte sie einen Topf voller Wasser auf den Herd. Rena drückte mir die Kaffeemühle in die Hand und schüttete Bohnen hinein. Ich drehte eifrig, und der Duft stieg uns in die Nase. Wir deckten den Tisch ganz festlich. Ich schnitt einen Zweig von der Tanne ab, die zum Schmücken bereit im Hausflur an der Wand lehnte. Natürlich sangen wir nach dem Kaffee noch einige Lieder. Rena konnte uns dazu auf dem Klavier begleiten.

Es war alles so schön, so lieb. Ich glaube, es war meine letzte Rodelpartie!"

„Weißt Du noch?", möchte ich wieder fragen. Aber Du weißt noch!

Liebe Tante Hildegard, nie wieder hat mir jemand in Kindheitstagen so schön vorgelesen und erzählt, wie Du. Glaube mir, ich habe durch Dich eine Kostbarkeit in mein späteres Leben mitgenommen. Ich möchte Dir nach so vielen Jahren herzlich dafür danken, dass Du, liebe Tante Hildegard, immer Zeit für ein kleines Mädchen hattest.

Der letzte Schultag

In der Pause hockten die Teenies auf den Tischen und ließen die Beine baumeln. Sie hörten Marlene zu. Marlene, die Ruhigste von allen, sagte etwas! Sie unterbrachen sie nicht, sie spotteten nicht. Die elf Mädchen sahen ihre Mitschülerin erstaunt, ja fast bewundernd, an.
Ina hatte gefragt: „Und was macht ihr in den Weihnachtsferien?" Sie hatten nur die Schultern gezuckt oder „Weiß nicht!" gesagt. Vor zwei Jahren, als sie alle erst 13 Jahre alt gewesen waren, hatte Ina auch gefragt, was sie in den Ferien tun würden. Sie hatte gleich groß getönt: „Wir machen eine Karibik-Kreuzfahrt!". Laura hatte den Mund spöttisch verzogen und gesagt: „Karibik?! Was soll ich zu Weihnachten in der Karibik? Wir fahren nach Kitz! Klaus hat eine Suite in einem Luxushotel gemietet. Vera wollte in einem Hotel wohnen, weil sie befürchtet, in einer Wohnung das Frühstück selbst machen zu müssen. Den neuen Skianzug habe ich mir schon gestern gekauft. Schick! Astronautenlook!"
Sie hatten wieder riesig angegeben. Jede hatte geglaubt, die andere übertrumpfen zu müssen. Nena hatte mit gespielter Verzweiflung gesagt, dass ihre Eltern von einer Party zur anderen schweben würden und ihre Mutter natürlich keine Zeit gehabt habe, Geschenke zu besorgen. Sie hatte ihr deshalb ein paar Tausender auf das Sparbuch überwiesen. Nena hatte wieder mächtig angegeben und dick aufgetragen.
Inzwischen waren sie alle etwas ruhiger geworden. Ina meinte, dass sie ja schließlich erwachsen geworden wären - denn mit fünfzehn Jahren ist man das schon! Sie betonte auch, dass sie damals, mit dreizehn, ihre Eltern mit dem Vornamen angeredet hatten, weil sie geglaubt hatten, dadurch nicht mehr so kindlich zu wirken. „Diese Phase haben wir doch längst überstanden! Inzwischen stehen wir darüber!", fügte sie noch wichtig hinzu.

Aber sie waren nicht nur älter geworden, die Zeiten hatten sich auch geändert. Die Firma von Inas Vater war in Konkurs gegangen, und Lauras und Evis Väter hatten ihre Luxusgeschäfte schließen, beziehungsweise verkaufen müssen. Auch Nenas Vater war auf der Suche nach einem neuen Job, da die Klinik, in der er arbeitete, geschlossen worden war. Zur Zeit übernahm er die Vertretung für Ärzte, die in den Urlaub fuhren, und dies auch während der Weihnachtsferien. So hatten sie weder Geld noch Zeit für eine Kreuzfahrt oder einen Luxusurlaub in den Bergen. Marlenes Vater gehörte nicht zu den Großverdienern. Ihre Familie hatte schon immer sparsam leben müssen, zumal sie eine Eigentumswohnung gekauft hatten, deren Abzahlung noch lange nicht beendet war. Marlene hatte nie zu Weihnachten mit einer Reise oder einem großen Geschenk prahlen können.

Nun hockten die Teenies friedlich, vielleicht ein wenig nachdenklich, beisammen, und Marlene antwortete als einzige auf Inas Frage: „Ich singe am Heiligen Abend ein Krippenlied. Es ist eine Uraufführung!" Die Mitschülerinnen fragten sofort, alle gleichzeitig, was sie da singe, wie sie dazu gekommen sei, und ob ein Orchester dabei wäre. „Ich singe schon lange im Kirchenchor, und jetzt darf ich ein Solo singen", sagte Marlene bescheiden, und als sie bewundert wurde, wehrte sie errötend ab: „Ich habe aber auch lange dafür üben müssen, und die Frau Engel, die Sängerin von der Oper, die neben uns wohnt, hat mir geholfen. Sie sagte, dass ich Gesangsunterricht nehmen soll." Wieder staunten die Teenies, und Laura fragte: „So eine richtige Sängerin von der Oper hat dir geholfen? Hat sie das ganz umsonst getan, ich meine ohne Gage?" Wieder errötete Marlene und erklärte: „Ich führe immer ihren Hund aus. Das macht mir Spaß, und sie freut sich darüber. Wenn ich den Wim dann zurückbringe und sie zu Hause ist und Zeit hat, dann üben wir."

Keiner verzog spöttisch den Mund, und keiner zog sie damit auf, dass sie einen Hund ausführt. Alle waren voller Bewunde-

rung, und Nena meinte anerkennend: „Du hast also richtig etwas dafür getan? Mensch, das finde ich phänomenal! Ich glaube nicht, dass ich das geschafft hätte! Außerdem habe ich ja auch nicht so eine tolle Stimme wie du!"
Nun begann erneut die Fragerei. Erst als die Klassenlehrerin den Raum betrat, nahmen die Teenies wieder auf ihren Stühlen Platz. Freundlich fragte die Lehrerin: „Na, eine Konferenz abgehalten? Sicher haben Sie über das Weihnachtsfest gesprochen!" „Ja", verkündete Lea wichtig, „wir haben soeben erfahren, dass Marlene richtig öffentlich singt, zu Weihnachten, ein Krippenlied. Dazu noch eine Uraufführung! Sie hat nie davon etwas erzählt!" Die Lehrerin meinte: „Es gibt eben Leute, die prahlen nicht, die halten sich bescheiden im Hintergrund. Aber Marlene, nun sagen Sie mir, wo Sie singen. Ich möchte Sie hören, ich werde in die Kirche kommen!"
Marlene nannte die Kirche und die Zeit, und sagte erfreut: „Sie werden gewiss kommen, Frau Mahler? Es ist eine Uraufführung. Herr Jahn vom Quartett hat alte deutsche Weihnachtslieder zusammengestellt und dazu die Überleitungen geschrieben, und das letzte Lied hat er selbst komponiert." Sie sprachen noch eine Weile über Weihnachten, bis das Klingeln der Schulglocke die letzte Stunde vor den Weihnachtsferien beendete. Sie wünschten der Lehrerin ein frohes Fest und schöne Ferien.
Auf dem Flur versammelten sie sich noch einmal, und Ina machte den Vorschlag: „Was haltet ihr von einem Stadtbummel? Schaufenster ansehen, oder so. Wir müssen heut noch etwas unternehmen! Marlene, du musst aber mitkommen."
Marlene schüttelte den Kopf: „Ich kann nicht, ich habe heute um fünfzehn Uhr Generalprobe, mit Kostüm ...." Weiter kam sie nicht. „Dürfen wir zur Probe kommen?" Marlene war erstaunt! Glücklich sagte sie: „Ihr müsst aber schon kurz vor drei an der Kirche sein. Ich erwarte euch dort! Aber ihr müsst ganz still sein bei der Probe. Die Musiker, ein ganz bekanntes Quartett, dulden keinen Laut, und wenn sie erfahren, dass ich

euch eingeladen habe, da kann alles schief gehen!" „Wir schwören: Wir sind ganz ruhig!" „Ich finde es einfach eine Wucht, dass wir kommen dürfen! Mensch Marlene, kommst du in einem Kostüm? Als Engel? Geschminkt? Ich werd nicht mehr!", schnatterte Ina begeistert, und Lea rief entzückt: „Anschließend machen wir dann den Schaufensterbummel, einverstanden? Das wird ein toller Ferienbeginn!"
Pünktlich um fünfzehn Uhr waren sie vollzählig an der Kirchentür versammelt. Marlene erwartete sie bereits und geleitete sie in die letzte Bankreihe. Sie ermahnte sie nochmals, ganz ruhig zu sein. Sie sprachen schon jetzt nicht mehr, sie nickten nur, und einige von ihnen gingen auf Zehenspitzen zu ihren Plätzen. Sie schauten sich in der Kirche um. Eine Krippe mit großen Holzfiguren war aufgebaut, und daneben standen vier Stühle. Nach kurzer Zeit kamen zwei Damen und zwei Herren mit ihren Instrumenten und nahmen auf den Stühlen Platz. Die Damen hatten lange, schwarze Kleider an, eine trug eine dicke Perlenkette, und die Herren waren ebenfalls schwarz gekleidet. Plötzlich stand Marlene neben der Krippe. Die Mädchen schauten zu ihr hin. Mein Gott, war sie schön! So hatten sie Marlene noch nie gesehen. Sie hatte langes, blondes Haar - natürlich eine Perücke - sie war wunderbar geschminkt, sie sah wirklich wie ein Engel aus. Ihr langes Kleid schillerte in allen Farben, und um ihren Hals war ein silberner Rüschenkragen gelegt. Die großen Engelsflügel sah man natürlich auch.
Sie hielten den Atem an. Eine der Musikerinnen lächelte Marlene zu, und nachdem sie ihre Instrumente gestimmt hatten, begannen sie zu spielen, dann setzte Marlene ein. Ihre Stimme klang zuerst schwach, etwas wackelig, doch dann wurde sie sicherer. Die Musiker nickten ihr aufmunternd zu. Sie lächelte und sang mit heller, froher Stimme. Die Stimme schwebte über der Musik, sie schwang in die Höhe, sie erfüllte den riesigen Raum. Es klang losgelöst und wunderschön.
Ina legte die Hand auf Lauras Arm und drückte ihn leicht. Laura lächelte glücklich. Sie waren alle glücklich und stolz

darauf, dass der singende Engel da vorn an der Krippe, begleitet von dem berühmten Streichquartett, ihre Mitschülerin, ihre Marlene war. Noch nie hatten sie sich so zusammengehörig gefühlt, wie in dieser Stunde. Sie ließen nicht einen Mucks verlauten, sie verhielten sich ruhig. Erst als die Musik geendet hatte, atmeten sie hörbar.

Die Dame mit der Perlenkette sprach nun mit Marlene. Sie wies auf das Notenblatt. Marlene nickte, dann setzte die Musik wieder ein, und Marlene sang den letzten Teil noch einmal. Als sich die Musiker erhoben, als die Generalprobe beendet war, schaute einer der Musiker zu den Mädchen hin. Er lächelte und winkte ihnen zu. Fast zaghaft gingen sie zu der Krippe. Marlene sagte stolz: „Das sind meine Klassenkameradinnen. Sie sind extra hergekommen!" Sie wurden von den Musikern begrüßt. „Es war so schön!", sagte Ina, „dass wir alle stolz darauf sind, dass Marlene unsere Freundin ist!" „Marlene wird sicher einmal eine große Sängerin!", sagte der Mann, der seine Geige unter den Arm geklemmt hatte.

Sie verließen die Kirche und warteten auf Marlene. Sie nahmen Marlene in ihre Mitte und gingen hinüber zu dem Kaufhaus, um die Weihnachtsdekoration zu betrachten. Lachend meinte Claudia: „Marlene, da ist ein Engel mit einem Notenblatt! Das bist du!" Sie bewunderten die Dekoration, und jede fand etwas besonders Schönes. Die künstliche Schneedecke umschloss eine weiße Kirche, aus deren Fenstern goldenes Licht fiel. Marlene meinte versonnen: „Ich habe mir in jedem Jahr die Weihnachtsdekoration angesehen, aber in diesem Jahr finde ich sie besonders schön." „Ich bin zum ersten Mal hier", meinte Nena, „sonst sind wir schon immer am ersten Ferientag weggefahren, aber nun bleiben wir zu Hause!"

Ina verkündete: „Ich habe eine Überraschung für euch! Meine. Mutti hat für uns einen Kuchen gebacken! Ich lade euch zum Kaffee ein!" Die Einladung stieß auf große Begeisterung. Evi rief freudig überrascht: „Toll, ich habe nämlich schon Hunger, und mein Taschengeld würde nicht einmal mehr für Fritten reichen!" Schwatzend gingen sie die Straße hinunter. Am Ziel angekommen, wies Ina mit einer einladenden Handbewegung auf die Tür: „Wir sind da! Darf ich euch hinaufbitten?" Sie stürmten die Treppe hinauf und wurden von Inas Mutter freundlich begrüßt und in Inas Zimmer gebeten. Auf einem Tisch standen einige Teller mit Gebäck, drei Thermoskannen mit Kaffee und zwölf Becher, und über all dem schwebte ein Adventskranz mit goldenen Schleifen, auf dem vier dicke, rote Kerzen brannten. Auf dem Fußboden lagen Kissen und Decken, auf denen sie Platz nehmen konnten.

Ina schenkte Kaffee ein, und Laura reichte die Kuchenteller herum. Sie langten mit gutem Appetit zu und sprachen noch immer voller Begeisterung von dem weihnachtlichen Schaufenster und bewundernd von dem Konzert. „Wir kommen alle in die Kirche!", sagte Laura, doch Ina meinte: „Ich nicht! Wir fahren weg!" „Schade", bedauerte Marlene, „ich dachte, dass niemand von uns in diesem Jahr verreist!"

Nun wollten sie aber wissen, wohin Inas Reise gehen würde, denn an eine Kreuzfahrt in die Karibik glaubten sie alle nicht.

„Wir fahren nach Leipzig!" Fast gleichzeitig fragten sie erstaunt: „Nach Leipzig? Was gibt es denn schon Tolles in Leipzig - zu Weihnachten?"

Ina berichtete bereitwillig: „Mein Papa ist in Leipzig geboren, und sein Bruder wohnt noch immer dort. Nach der Wiedervereinigung haben die beiden begonnen, ihr Elternhaus zu renovieren, und nun ist das Haus fertig. Es soll ganz toll geworden sein! Alles Alte ist erhalten, aber es ist nicht so unmodern, dass man nicht drin wohnen kann. Mein Onkel und meine Tante haben uns eingeladen, das Weihnachtsfest mit ihnen in dem alten Haus zu feiern. Gestern hat der Onkel noch einmal angerufen, um sich zu vergewissern, dass wir auch wirklich kommen. Er hat gesagt, dass wir alle den Weihnachtsbaum schmücken werden, so wie sie es in der Jugendzeit getan haben. Ich habe den Papa gefragt, was denn Tolles mit dem Weihnachtsbaum wäre. Er hat gesagt, dass er und sein Bruder, als sie noch zur Schule gingen, die große Tanne, die vor dem Haus steht, in jedem Jahr geschmückt haben. Sie haben die Äste, die sie ohne Leiter erreichen konnten, mit Äpfeln, Nüssen und Lebkuchenherzen, die meine Oma extra dafür gebacken hatte, behangen. Wenn es dunkel wurde, haben sie viele kleine Lichtchen angezündet, denn eine Lichterkette hatten sie nicht. Dann sind die Kinder aus der Nachbarschaft gekommen, und sie haben sich um den Baum versammelt und gesungen, bis die Lichtchen heruntergebrannt waren. Zuletzt haben sie den Baum geplündert.

Einmal begann es, als sie den Baum gerade geschmückt und die Lichtchen angezündet hatten, zu schneien. Da haben alle vor Freude gejubelt und getanzt. Wenn der Schnee ein Lichtchen ausgelöscht hatte, wurde es unter einen schützenden Ast gestellt und wieder angezündet. Papa hat gesagt, dass das seine schönste Weihnachtserinnerung ist.

Meine Tante hat schon die Lebkuchenherzen gebacken und kleine Kerzen besorgt. Die Erwachsenen werden die oberen Äste schmücken und ich und meine beiden kleinen Cousinen, die unteren. Ich freue mich schon sehr darauf, und ich bring für jede von euch ein Lebkuchenherz mit." Nun wurde Ina von den Freundinnen um die Fahrt nach Leipzig beneidet; sie wünschten sich, beim Baumschmücken dabei sein zu dürfen.

Inas Mutter ermahnte die Mädchen, den Nachhauseweg anzutreten, da es inzwischen dunkel geworden war. Sie verabschiedeten sich und sagten, dass es wunderschön gewesen sei und sie solch tollen Ferienbeginn noch nie erlebt hätten.

Ina öffnete das Fenster und schaute ihnen nach. Die Mutter stand neben ihr und legte den Arm um Inas Schultern. „Du hast nette Freundinnen. Ihr habt so schön von Weihnachten erzählt!" Ina nickte zustimmend und schmiegte sie sich an die Mutter. Sie flüsterte glücklich: „Ich habe gar nicht gewusst, dass Weihnachten so schön sein kann!"

Michaels Weihnachtsabend

Schon gestern hatte Michael das Tannenbäumchen in Nachbars Garten bewundert und in der Nacht von seinem Zimmerfenster aus auf die leuchtenden Kerzen hinabgeschaut.
Nun lehnte er am Zaun und wartete darauf, dass die Kerzen wieder ihr gelblich freundliches Licht verströmen würden. Er zog die Kapuze ins Gesicht und freute sich, als die Lichtchen, im Regendunst kaum sichtbar, aufleuchteten.
Er wünschte sich sehnlichst einen Weihnachtsbaum, aber seine Eltern hatten beschlossen, morgen, am Heiligen Abend, in die Berge zu fahren. „Da habe ich keine Arbeit mit Besuch und Kochen und Backen!", hatte die Mutter gesagt, und der Vater hatte zugestimmt: „Außerdem ist es besser, die Piste runterzurasen, als sich hier im Regen zu langweilen."
Michael hatte schon im Vorjahr gebeten, doch zu Hause zu bleiben und einen Weihnachtsbaum aufzustellen, so wie Hübners, deren Weihnachtsbaum noch im Wohnzimmer gestanden hatte, als er nach Neujahr aus den Bergen zurückgekommen war. Herbert und Angelika hatten ihm stolz den Christbaum gezeigt und die Geschenke. Dann hatten sie ganz dicht am Baum gesessen, und die Oma hatte ihnen eine Geschichte vorgelesen. Als er davon den Eltern erzählt hatte, hatten die nur mitleidig gelächelt, und die Mutter hatte gesagt: „Wenn die in Urlaub fahren könnten, würden sie es viel zu gerne tun! Aber mit zwei Kindern und einer Oma ist das wohl zu teuer."
Michael blinzelte. Ihn traf der helle Lichtschein eines herankommenden Autos. Der Wagen hielt genau vor Hübners Haus. Ein Mann stieg aus, und bevor er an der Haustür schellen konnte, kamen Angelika und Herbert heraus und riefen: „Der Weihnachtsbaum ist da! Der Weihnachtsbaum ist da!" Als sie Michael sahen, winkten sie: „Komm, Michael, hilf uns! Wir tragen den Baum auf die Terrasse!" Michael schob die Kapuze aus dem Gesicht und half den beiden. Sie zogen den Weihnachtsbaum vom Wagen und lachten, als die Nadeln durch die

wollenen Handschuhe stachen. Sie trugen ihn auf die Terrasse und lehnten ihn ans Wohnzimmerfenster. „Damit man ihn auch gut sehen kann!", meinte Angelika.
Sie liefen ins Haus. Der Duft von Braten, Kuchen und wer weiß was für Köstlichkeiten schlug ihnen entgegen. Michael schnupperte. Es roch so gut, so nach Weihnachten! „Bleib zum Kaffee, Michael", sagte die Oma, die mit einem großen Teller voller Kuchen ins Wohnzimmer kam.
Michael setzte sich zwischen die Freunde, Angelikas Mutter goss Kaffee ein, und die Oma legte jedem ein Stück Kuchen auf den Teller. „Iss schön, mein Junge!", sagte sie und lächelte ihn freundlich an. Sie redeten durcheinander und sprachen vom Heiligen Abend, den sie kaum erwarten konnten.
Nach dem Kaffee sahen sie ein Weihnachtsmärchen im Fernsehen. Da gab es verschneite Berge und eine kleine Kirche, aus der Weihnachtsmusik klang. Die Menschen eilten mit Paketen beladen durch die Straßen, auf den Plätzen standen hohe Tannen, und eine Krippe, die auf dem Marktplatz aufgebaut war, wurde von einer Kinderschar bewundert. „Ist das schön!", sagte die Oma. „In meiner Jugend war es auch so. Wir hatten viel Schnee zu Weihnachten. Wir gingen rodeln, und wenn wir durchfroren nach Hause kamen, hatte die Großmutter immer Bratäpfel im Ofenrohr. Die Äpfel wurden nämlich in einem riesigen Kachelofen gebrutzelt!"
Die drei Kinder lauschten, und immer wieder baten sie die Oma, von früher zu erzählen. Sie seufzte zufrieden und meinte zu Michael: „Du wirst es ja erleben, du fährst ja morgen in die Berge. Dort liegt der Schnee so hoch, wie wir es eben im Film gesehen haben. Die Kirchen sind erleuchtet und geschmückte Bäume stehen davor, und zu Mitternacht gehen die Leute in die Christmette. Das wirst du alles erleben, Michael. Das wird sehr schön werden, und wenn du wieder zu Hause bist, erzählst du uns davon!"
Michael fielen die Worte seiner Mutter ein, und er schämte sich ein wenig dafür. Er meinte traurig: „Ich würde aber lieber

hierbleiben! Und einen richtigen Weihnachtsbaum möchte ich haben, so wie ihr! Ich will ja gar nicht auf die Piste!" Er schluchzte, und große Tränen liefen ihm über die Wangen. Die Oma meinte tröstend: „Aber wer wird denn weinen, wenn er so eine schöne Reise machen darf? Dort kommt auch das Christkind, und wenn du wieder zurück bist, feiern wir noch einmal und singen Lieder, und ich mache uns Bratäpfel in der Mikrowelle!"

Michael wurde von der Mutter gerufen und verabschiedete sich von den Freunden. Die Mutter empfing ihn mit Vorwürfen: „Wo bleibst du denn? Ich habe alle Hände voll zu tun. Beeil dich, pack deine Skischuhe ein. In der Küche steht ein Glas Milch für dich und ein Butterbrot! Du musst zeitig ins Bett, denn wir brechen morgen sehr früh auf."

Michael ging ins Wohnzimmer. Da lehnte keine Tanne am Fenster, es roch auch nicht nach Kuchen und nicht nach Gänsebraten. Der Vater saß vor dem Fernseher und schaute eine Sportsendung an. Er nickte dem Jungen kurz zu, griff nach dem Bierglas und wandte seinen Blick nicht mehr vom Bildschirm. Niemand war fröhlich, kein Weihnachtslied erklang. Sie waren hektisch und schickten ihn ins Bett.

Michael stand noch lange am Fenster und sah auf die kleine Tanne hinunter, deren Kerzen nun in der Dunkelheit hell leuchteten. Er kniff die Augen zusammen. Die Lichtchen schienen immer heller zu werden, ja, sie tanzten nun sogar, sie hüpften von Ast zu Ast. Es sah so lustig aus, dass er sich von dem Anblick kaum trennen konnte.

Am Morgen weckte ihn die Mutter: „Beeil dich, Michael, wir wollen gleich abfahren! Vergiss deine Zahnbürste nicht und komm gleich herunter!"

Schlecht gelaunt kroch Michael aus dem Bett. Er verstaute die Zahnbürste, ohne sie vorher benutzt zu haben, in der kleinen Tasche. Er kämmte sein struppiges Haar und zog die dicken Stiefel an, die er extra für den Urlaub bekommen hatte. Stiefel aus dem feinsten Geschäft!

Michael streckte sich auf den Rücksitzen aus und zog eine Decke über den Kopf - unter der Decke flossen die Tränen.
Er hatte wohl einige Stunden geschlafen, als er durch heftiges Bremsen unsanft geweckt wurde. „Was ist los? Sind wir schon da?" „Im Stau stehen wir, das ist alles!", meinte die Mutter ärgerlich. Sie stöhnte und wickelte die Frühstücksbrote aus, füllte einen Pappbecher mit Tee und reichte ihn dem Vater. „Jetzt kannst du frühstücken. Das wird hier sicher noch eine Weile dauern. Der Verkehrsfunk sagt nichts Gutes!"
Rechts und links von ihnen fuhren Autos vorbei, die meist nur wenige Meter vorankamen. Die Leute schauten nicht heraus, ab und zu gähnte jemand, das nächste Fahrzeug rückte auf, und eine Weile später fuhren sie wieder daran vorbei. Michael hatte nicht einmal Lust, die Autos zu zählen oder deren Marke festzustellen.
Gegen Mittag fuhren sie eine Tankstelle an. Hier mussten sie warten. Einige Leute kauften in Eile Getränke und Konfekt. Michael betrachtete den winzigen, weißen Weihnachtsbaum am Fenster. Seine Nadeln waren weich, und er war mit bunten Kerzen geschmückt, die aufleuchteten und wieder erloschen und wie kleine Blinklichter unruhig zuckten. Er wandte sich ab. Solch einen Weihnachtsbaum wollte er nicht haben.
Michael war wieder auf dem Rücksitz eingeschlafen. Als sie am Ferienhaus angekommen waren, wurde er von der Mutter geweckt: „Steig aus, du Langschläfer! Guck doch mal, rundherum Schnee! Ist das nicht herrlich?"
Auf dem Tisch in dem kleinen Wohnzimmer stand eine Schale mit Äpfeln, und ein Weihnachtsgesteck mit einer roten Kerze gab es auch. Die Mutter kochte Tee und bot die Brote an, die sie mitgebracht hatte. Michael grollte: „Ist das alles? Den ganzen Tag nur Brote und kein Weihnachtsessen? Ich habe Hunger. Können wir nicht irgendwo etwas essen?" „Wo denn? Am Heiligen Abend haben die Gasthöfe geschlossen!"
Michael mochte kein Brot, er trank nur etwas Tee und wollte ins Bett. Da meinte die Mutter: „Beinahe hätte ich es verges-

sen, ich habe ja noch ein Päckchen für jeden!" Sie kramte aus ihrer riesigen Nylontasche drei Päckchen heraus und legte sie auf den Tisch. „Für jeden eines", sagte sie, „Oma Hildegard hat sie gestern gebracht!"
Michael ging die schmale Treppe hinauf in sein kleines Zimmer. Das Bett war mit bunten Kissen belegt, und davor lag ein Schaffell. Er zog die Stiefel aus und hockte sich auf die Bettkante, ließ die Füße über das weiche Fell gleiten und schaute auf das bunte Päckchen, das er nicht auspacken mochte. Die Kirchturmuhr schlug dreimal, in einer Viertelstunde würde die Christmette beginnen. Er ging ans Fenster, um zu erkunden, ob der Weihnachtsbaum vor der Kapelle zu sehen war. Er konnte ihn nicht entdecken. Aber dann sah er im Dunkeln kleine Lichter blitzen. Sie tanzten auf und ab, sie schwebten über dem Schnee. Er kniff die Augen zusammen, die Lichtlein waren wirklich da. Sie kamen näher und näher, und er sah Leute, die mit Laternen den Weg entlangkamen, um in die Christmette zu gehen. Das war so herrlich anzuschauen, dass er sich wünschte, auch solch kleine Laterne tragen zu dürfen. Die Menschen zogen vorbei. Sie waren schweigsam und strebten der Kirche zu. Michael schaute ihnen nach, bis kein Lichtschein mehr zu sehen war, und plötzlich war er sehr froh. Es war so schön gewesen, und niemand außer ihm hatte die Laternenträger gesehen. Er hatte ein wunderschönes Weihnachtsgeschenk erhalten, er ganz allein! Er wollte es niemandem sagen. Erst zu Hause wollte er es Angelika und Herbert erzählen, wenn sie zusammen Weihnachten feiern würden.

Das andere Weihnachten

Er wollte Weihnachten so erleben wie früher, wie in Kindheitstagen. Natürlich wusste er, dass dies nicht möglich war. Alles lag in weiter Ferne, alles, was an die Kindheit, an das Elternhaus, erinnerte. Doch ähnlich sollte es sein! Die Stimmung, die Freude, die Erwartung wollte er fühlen, das Läuten der Glocken aus der schönen alten Kirche hören, die verschneiten Wege begehen, den weihnachtlichen Geruch, der durch das Haus schwebte, atmen, den Duft, den es nur zu Weihnachten gab, den Duft der Köstlichkeiten aus der Küche, den Duft der Tanne. Das Prasseln des Feuers aus dem Kachelofen möchte er hören, das Knirschen des Schnees unter seinen Füßen spüren, das Leuchten der Sterne in eisiger Nacht bewundern, und dann den preisenden Gesang, der aus jedem Hause drang, hören, in sich aufnehmen.
Aber nein, das konnte er nicht erleben, weil es nicht möglich war! Doch ein klein wenig von all dem sollte zu ihm dringen, sollte ihm sagen: „Nun ist Weihnachten!".

Schon Anfang Dezember hatten die Kollegen ihre Weihnachtspläne kundgetan. Peter hatte gesagt, dass er zu seinen Eltern nach Österreich fahren würde, Jürgen wollte sogar seine Großmutter im hohen Norden besuchen und Lutz war zu seinen zukünftigen Schwiegereltern eingeladen. Alle hatten etwas vor, einen Plan für das beliebte Fest.
Zum Abschied am letzten Arbeitstag wünschten sie einander „Frohe Weihnachten". Nur einer von ihnen fragte: „Was machst du eigentlich, Hans? Ich weiß, dass du keine Eltern mehr hast. Ich würde dich gerne zu meinen Eltern mitnehmen, aber alle vier Geschwister kommen, mein ältester Bruder sogar mit Nachwuchs."
Hans lächelte verständnisvoll und sagte: „Ich werde verreisen. Habe mich in einem gemütlichen Hotel eingemietet, möchte einfach nur ein wenig ausspannen!"

Sein Freund klopfte ihm auf die Schulter: „Mach's gut Hans, und vergiss die Sylvesterparty nicht! Ich freue mich drauf!"

Was hatte er da gesagt, nur um nicht einzugestehen, dass er nichts vor hatte? Natürlich, das war es doch! Er würde verreisen! Er würde in das kleine Hotel fahren, in dem er im Sommer einmal übernachtet hatte.
Er fuhr sofort nach Hause. Ohne lange zu suchen, fand er den Prospekt auf seinem Schreibtisch. Er wählte die Nummer des Hotels, des ehemaligen Gutshofs im Walde, und es dauerte eine Weile, bis sich eine atemlose Stimme meldete. Er fragte, ob er ein Zimmer für Weihnachten haben könne. Die Stimme antwortete: „Ach, entschuldigen Sie bitte, ich komme gerade aus der Küche, wir sind arg im Stress. Wenn Sie ein Einzelzimmer wollen, da habe ich schon lange nichts mehr frei. Eigentlich auch kein Doppelzimmer! Aber Sie haben Glück! Vor einer Stunde hat ein Ehepaar wegen Krankheit abgesagt."
Sofort buchte er das Doppelzimmer. Die Frau sagte, dass sie sich an seinen Namen von der Übernachtung im Sommer erinnern könne. Sie war froh, dass sie keinen Ausfall hatte, und meinte, dass sie sich freuen würde und ihm eine gute Fahrt wünsche.
Erleichtert legte er den Hörer auf. Er brauchte nicht im Internet nach einem Hotel zu suchen, er hatte ein Ziel! Fröhlich murmelte er vor sich hin: „Weihnachten anders, ohne all das, was ich mir noch vor wenigen Stunden gewünscht habe!"
Als am Morgen der Wecker rasselte, brachte er ihn nicht missmutig zum Schweigen und drehte sich nicht auf die andere Seite, sondern verließ ruhig und in guter Laune das Bett. Während in der Küche die Kaffeemaschine ihre vertrauten Geräusche von sich gab, die heute wie eine fröhliche Melodie klangen, vollendete er im Bad seine Toilette. Nach dem Frühstück stieg er mit dem Koffer in der Hand in den Lift zur Tiefgarage. Er hatte keine Eile, er wollte keine Hektik aufkommen lassen. Aber er wollte auch nicht, wie er zu den Kollegen ge-

sagt hatte, einfach mal ausspannen. Er wollte Weihnachten feiern, das schönste aller Feste.
Er fuhr auf der Autobahn Richtung Süden, ohne große Staus, wahrscheinlich waren viele Urlauber schon gestern abgereist. Sein Ziel war nicht ein „schneesicheres Skigebiet", er fuhr nicht in die Alpen, sein Ziel lag noch davor, abseits in einem kleinen Ort.
Zweihundert Kilometer von zu Hause entfernt lag hoher Schnee auf den Feldern, und die Tannen waren mit der weißen Pracht weihnachtlich geschmückt. „Wie schön", flüsterte er, „wer weiß, was noch alles geschieht. Meine Wunschliste ist ja lang!"
Um 16 Uhr hatte er sein Ziel erreicht. Sein Herz schlug schneller vor Freude, und als er durch die Einfahrt zum Gutshof mit dem schön geschmiedeten Tor fuhr, glaubte er, dass man ihn erwarte, dass er willkommen sei. Er parkte das Auto und nahm den Koffer heraus. Er schaute sich um und nahm das schöne Weihnachtsbild, das sich ihm bot, in Augenschein. Aus den Fenstern des Hauses drang goldenes Licht – ja, es war goldenes Licht, so wie es nur zu Weihnachten sein kann! Und am Himmel leuchtete aus dem beginnenden Dunkel ein strahlendes Abendrot, und ihm kam der Spruch aus Kindheitstagen in den Sinn: „Die Englein backen Kuchen!"
Frohgelaunt stieg er die Stufen zum Eingang empor. Er fühlte sich wie ein König im Märchenland und verweilte einen Augenblick an der Tanne, die vor der Türe stand und in hellem Kerzenschein erstrahlte. „Schöner kann es gar nicht sein", dachte er voller Dankbarkeit. Ein großes Glücksgefühl stieg in ihm auf, ein Gefühl der Freude, der Erwartung.
Noch lange hätte er bewundernd vor der weihnachtabendlichen Pracht verweilen wollen, doch da wurde die Eingangstür geöffnet. Eine Frau, sicher die Wirtin, mit einem wunderschönen Dirndl bekleidet, kam auf ihn zu und sagte: „Ich begrüße Sie herzlich! Nun sind all meine Gäste eingetroffen." Er grüßte freundlich zurück. Sein Blick fiel in die geschmückte Halle.

Zwei Weihnachtsbäume säumten das breite Fenster, und im Kamin schlugen die Flammen um große, knisternde Holzkloben. Entzückt schaute er sich um, und ganz leise sprach er vor sich hin: „Ist das schön, einfach weihnachtsschön!"
In seinem Doppelzimmer umfing ihn behagliche Wärme. Er öffnete das Fenster und vernahm das Glockengeläut der nahegelegenen Dorfkirche, das zur Andacht rief.

Spät am Morgen wachte er auf. Heller Sonnenschein fiel durch die Ritze des nicht ganz geschlossenen Vorhangs. Langsam erhob er sich und zog den Vorhang beiseite. Durch das Fenster grüßte die Sonne aus stahlblauem Himmel. Fast erstaunt schaute er hinaus, als könne er nicht begreifen, dass mitten im Winter, zu Weihnachten, die Sonne strahlte und die schneebedeckten Tannen silbern erglänzen ließ.
Ein Blick auf die Uhr hätte ihn eigentlich zur Eile ermahnen müssen, doch er wollte jede Hektik vermeiden, er wollte auch diesen Tag in Ruhe genießen.
Als er die Halle betrat, winkte ihm eine ältere Dame zu, die mit einer Tasse Kaffee in der Hand am Kamin Platz genommen hatte. „Die Frühstückszeit ist schon vorbei. Ich habe auch verschlafen! Es war zu schön am gestrigen Abend, da konnte ich nicht so einfach einschlafen."
Er nahm neben der freundlichen Dame Platz. Auch er dachte an den schönen Weihnachtsabend, und sie redeten über das Festmahl, über die großen Tannenkränze mit den leuchtenden Kerzen und über den prachtvollen Weihnachtsbaum. Während Hans besonders von der jungen Frau, die neben dem Baum gesessen und eine Weihnachtsgeschichte vorgelesen hatte, schwärmte, erinnerte sich die alte Dame an die Harfenspielerin: „Herrliche Melodien hat sie gespielt. Und wie schön war es, die alten deutschen Weihnachtslieder wieder einmal zu hören und zu singen." Beide erinnerten sich mit Vergnügen, nach einem Glase Punsch fröhlich in die Melodien eingestimmt zu haben.

„Ach, übrigens" sagte die alte Dame, „heute Nachmittag findet in der renovierten Kirche im Nachbarort ein weihnachtliches Konzert statt. Das würde ich mir gerne anhören. Möchten Sie mitkommen?" „Ja, gerne", antwortete Hans, „Sie können mit mir fahren. Sie zeigen mir den Weg, und ich lade Sie am Abend zu einem Glas Wein ein!"

Viele Besucher waren gekommen, um das Konzert zu hören. Hans betrat mit seiner Begleitung die Kirche. Das Bild, das sich ihnen bot, war von erhabener Schönheit, sodass Hans den Atem anhielt. Die gewölbte Decke schien von hunderten Sternen erleuchtet, und die hohen, geschmückten Tannen erstrahlten in festlichem Glanze. Dieses Gotteshaus war hell und freundlich; es lud zum Verweilen ein.
Ein kleines Orchester spielte ausgesuchte Melodien von Bach und von Haydn, und zum Schluss, als Höhepunkt, sang eine junge Sängerin das „Exsultate, jubilate" von Mozart. Nach dem letzten Ton verstrich eine Weile, bis der Beifall einsetzte. Die Musik klang in den Besuchern nach, und ein festlich gestimmtes Publikum, das soeben ein wunderbares Weihnachtsgeschenk erhalten hatte, verließ nur langsam das Gotteshaus.

In der Hotelhalle trennten sich die alte Dame und Hans. Sie sagte: „Ich danke Ihnen, dass Sie mich mitgenommen haben. Das Konzert konnte nur in dieser Kirche stattfinden! Es war so harmonisch und schön, wie das Gotteshaus selbst." Er nickte zustimmend: „Nach dieser wunderbaren Musik muss ich noch einen Spaziergang unternehmen, draußen im Weihnachtswald. Wer weiß, was ich heute noch erlebe?!"
Er stapfte durch den hohen Schnee. Er wollte den Waldweg entlanggehen bis zu dem Haus, das er heute Morgen aus der Ferne gesehen hatte. Ein Haus mitten im Wald. „Vielleicht ein altes Jagdhaus, in dem ein uralter Förster mit langem, weißen Bart wohnt, der nun die Rehe füttert!", dachte er und fand das sehr romantisch.

Es war sehr kalt. Er zog die Wollmütze über die Ohren und ließ die Hände in den Taschen seines warmen Mantels verschwinden. Doch, hatte er da nicht etwas gehört? Schnell zog er die Mütze etwas zurück, und tatsächlich, er hatte sich nicht geirrt! Ein helles Lachen drang aus der Ferne zu ihm - dann war es wieder still!
Ungläubig schüttelte er den Kopf, schaute in die Richtung, aus der das frohe Lachen gekommen war, und dann stand er still! Er glaubte zu träumen. Ein rötlicher Lichtschein bewegte sich zwischen den Bäumen! „Vielleicht leuchtet der bärtige Förster nun den Rehen heim!", dachte er amüsiert.
Langsam, ganz vorsichtig ging er weiter. Er wollte ergründen, was sich da im Walde tat. In nur etwa fünfzig Metern Entfernung von dem vermeintlichen Jagdhaus entdeckte er einen zugefrorenen Teich, und von dort kam der Lichtschein! Vor dem Weiher waren mehrere rote Lampions angebracht, die in den Abend hineinleuchteten. Und da war auch wieder das Lachen zu hören. Eiligst verbarg er sich hinter einem Strauch. Da vernahm er auch ein Rauschen, ein Geräusch, das er nicht so recht zu deuten wusste. Und plötzlich glitt über das Eis – er glaubte, seinen Augen nicht trauen zu können – auf einem eisernen Gartenstuhl eine fröhlich lachende Frau. Der Stuhl wurde von einem Mädchen, das auf Schlittschuhen lief, geschoben. Ab und zu ließ es den Stuhl los, drehte sich graziös im Kreise und lief um die Frau herum. Doch plötzlich, es musste wohl etwas den Weg behindert haben, kippte der Stuhl mit der Frau um.
Sofort wollte er zum Weiher laufen, um zu helfen. Aber die beiden Eisfeen lachten, und das Mädchen half der Frau wieder auf den eisernen Schlitten. Sie redeten vergnügt miteinander. Das Mädchen gab der Frau einen Kuss auf die Wange und schob das Gefährt wieder an. Es lief anmutig über das Eis, und die Kerzen in den roten Lampions verströmten ihr rosiges Licht.

Langsam verließ Hans sein Versteck. Zu gern hätte er der Eisprinzessin und deren Gefährtin, die sicher die Schneekönigin war, etwas Freundliches, etwas Liebes gesagt, doch er zog es vor, sich still, wie er gekommen war, zurückzuziehen. Das helle Lachen begleitete ihn noch ein Stück seines Weges.

In der Halle saß die alte Dame am Kamin, seine Begleiterin durch den Weihnachtstag. Sie winkte im freundlich zu, und er sagte: „Jetzt trinken wir den Wein, zu dem ich Sie eingeladen habe, und beschließen gemeinsam den wunderschönen Weihnachtstag!" Er nahm ebenfalls am Kamin Platz, und sie sprachen über das festliche Konzert in der Kirche und über den Weihnachtstag. „Ich habe soeben ein richtiges Märchen gesehen, draußen am Weiher. Ich habe gesehen, wie eine kleine, graziöse Eisprinzessin die Schneekönigin auf ihrem Thron über das Eis geschoben hat. Das war so ein heiteres Bild, weit ab von allem Weihnachtstrubel, mitten im Walde, unter dem leuchtenden Sternenhimmel." Die alte Dame nickte versonnen, als hätte auch sie das Märchenbild gesehen.
„Wie gut, dass ich Sie getroffen habe", sagte er, „es war ein ganz besonders schönes Fest, das wir miteinander verlebt haben. Es war ein ungewöhnliches Fest, ein Fest voller Überraschungen, das ich nie vergessen werde!"

Weihnachten im Wandel der Zeiten

Das eingeschneite Dorf

„Es schneit heuer noch eher als im vergangenen Jahr", rief Anna Gruber ihrer Nachbarin zu. „Nun ja", meinte Elise Hunziger, „die Vorräte sind eingeschafft, also können wir dem Winter ruhig entgegensehen. Ich freue mich aber schon auf morgen Abend, auf das Singen!" „Ich auch", nickte Anna und winkte der Nachbarin freundlich zu, bevor sie im Haus verschwand.

„Leg noch ein paar Scheite auf, Alois!", rief sie in die Stube hinein. Sie nahm den breiten, gehäkelten Schal von den Schultern, glättete die Schürze und ging in die Küche, um das Abendessen vorzubereiten. Summend stand sie am Herd. Sie gab in die große, eiserne Pfanne die geschnittenen Kartoffeln, denn heute Abend gab es Bratkartoffeln mit Speckrühreiern und dazu Buttermilch. Sie kochte auch Tee, denn nach dem Essen sollte der erste Lebkuchen probiert werden. Er war wunderbar gelungen! Die alte Frau Schösser hatte endlich ihr Rezept verraten, da sie meinte, dass sie es vielleicht im nächsten Jahr nicht mehr wisse! Jeder ahnte, was sie damit sagen wollte - es ging ihr nicht mehr so gut. Auch plagte sie das Rheuma sehr. Da half es nicht mehr, wenn sie den wärmsten Platz am Ofen erhielt und noch dazu einen angewärmten, in ein Tuch gewickelten Ziegelstein unter die Füße bekam. Anna Gruber seufzte und dachte: „Wer weiß, wie es uns geht, wenn wir die 80 erreicht haben!"

Sie saßen am Tisch und nahmen das leckere Abendessen ein - Anna Gruber, ihr Mann Alois und dessen Bruder, der Maxl. Der Maxl lebte seit fünf Jahren bei ihnen. Ihm war die Frau gestorben, nach dem Unfall. Keiner wollte verstehen, wie so etwas passieren konnte. Sie war beim Pilzesuchen abgerutscht und einen steilen Hang hinuntergefallen; sie war sofort tot! Der Maxl war damals zu ihnen gezogen. Er war verstört gewesen. Sie hatten gesagt, dass er doch bei ihnen bleiben solle. Es wäre immer Platz für ihn in dem Haus, das ja auch sein Elternhaus war. Und so hatte er die Kammer bezogen, die er in der Jugendzeit mit seinem Bruder Alois geteilt hatte. Er war dann nicht mehr weggegangen, er war oben bei ihnen geblieben, und sie konnten sich ein Leben ohne ihn nicht mehr vorstellen. Hier auf dem Berg war jede helfende Hand willkommen, besonders im Sommer, wenn das Heu auf den steilen Hängen gemacht wurde, aber auch im Herbst, wenn die Männer auf die Jagd gingen und das Obst ernteten, wenn sie Holz hackten und Vorräte eintrugen, und wenn sie Schnaps aus den Beeren der Ebereschen brannten.

Nur drei von den vier Häusern hier oben waren noch bewohnt. Grubers lebten mit ihren zwei Kindern, dem Hansel und der Veronica, und dem Maxl in dem ersten Haus. Der Hansel, er war schon 14 Jahre alt, besuchte die Oberschule. Er wollte einmal studieren. Baumeister oder Architekt wollte er werden. Die Veronica ging unten im Dorf zur Schule.
Das nächste Haus war das größte. Dort hatten früher zwei Familien gewohnt, die alten und die jungen Hunzigers. Seit dem Tod der alten Hunzigers wohnten nur noch die jungen Leute mit ihren drei Kindern, die unten im Ort zur Schule gingen, in dem Haus.
Das dritte Haus gehörte den Schössers. Ihre Kinder waren erst vier und sechs Jahre alt und gingen noch nicht zur Schule.
Das letzte Haus stand schon lange leer. Die Familie war in die Stadt gezogen, weil es ihr hier zu einsam gewesen war.
Das hatte keiner verstehen können, denn wer hier oben geboren war, ging nicht weg. So war es jedenfalls bisher gewesen. Die herrlichen Blumen im Sommer hier heroben, die Weiden voller Kühe, das Bächlein mit seinem klaren Wasser, die Wanderer, die hier heraufkamen und bei den Hunzigers bewirtet werden konnten, das alles gehörte zu ihrem einfachen, aber schönen Leben. Wenn die Wanderer bei ihrer Brotzeit saßen, erzählten sie ihnen von der Stadt und priesen die Berge. An

schönen, warmen Abenden, wenn Gäste kamen, spielten die Männer auf ihren Instrumenten.
Im Winter waren sie allein auf ihrem Berg, aber sie waren nicht einsam, wenn der Schnee auch noch so hoch lag. Oft schneiten sie ein und waren von der Umwelt abgeschnitten. Dann saßen sie an den Abenden zusammen. Sie musizierten, sie erzählten, die Frauen strickten, backten Kuchen und Brot und schrieben die Rezepte auf. Die Mitarbeiterin eines Verlages, die im Tal ihren Urlaub verbrachte hatte, hatte gesagt, dass sie ein Rezeptbuch veröffentlichen wolle, wenn sie ihr die Rezepte anvertrauen würden. Erst hatten sie gezögert, doch nun schrieben sie viele Rezepte auf, da die Frau von dem Verlag im nächsten Jahr wiederkommen wollte. Die Walburga Schösser hatte sogar ein Strickmuster entworfen für die breiten Schals, auch das wollte die Frau haben.
Die Männer schnitzten Heiligenfiguren und hatten dafür schon viele Jahre ihre festen Abnehmer - es musste halt jeder sehen, wie er im Leben zurechtkam. Reichtümer waren nicht zu erwerben, aber sie waren froh und zufrieden, und so manche in ihrer Werkstatt entstandene Figur hatte schon den Weg ins Tal und noch weiter weg genommen.
Im Winter kamen fast keine Leute hier herauf, die Straße war zu schmal und wurde nur notdürftig freigeschoben. In jedem Jahr hieß es aufs Neue, dass bald eine Straße, die durch einige Windungen mehr nicht so steil verlaufen würde, gebaut werden sollte. „Das wäre gut für die Schulkinder", sagte der Alois, "dann brauchten die auch bei Schnee nicht bei den Verwandten unten im Tal zu bleiben."

Vorerst aber saßen sie noch beim Abendessen und ließen sich die Bratkartoffen und die Speckrühreier schmecken. Danach stellte Anna den Tee und den Lebkuchen auf den Tisch und die Männer stopften ihre Pfeifen. Bald stieg der Rauch auf, der einen angenehmen Duft verbreitete. Sie saßen in der gemütlichen Stube mit der niedrigen Holzdecke. Sie hatten auf der

Ofenbank Platz genommen, und das Dunkel der Nacht stand vor den kleinen Fenstern. Sie schwiegen, sie schwiegen in Harmonie.
Anna brach das Schweigen und fragte, ob die Männer denn nicht noch einmal auf der Zither die Weihnachtslieder spielen möchten, schließlich hatten sie das fast ein Jahr lang nicht mehr getan. Sie nickten, und als die Pfeifen erloschen waren, holte der Maxl aus seiner Kammer die Zither. Sie spielten alle ein Instrument, manche sogar zwei. Anna summte die Lieder mit. Sie lobte die beiden: „Verlernt habt ihr die Lieder nicht. Hoffentlich übt der Schösser Franzl auch! Der hatte vergangenes Jahr Schwierigkeiten! Er meinte zwar, dass das an der neuen Geige liege, aber ich glaube, dass er zu viel getrunken hatte." Sie lachten und legten die Noten zurecht. Eigentlich spielten sie die Lieder auswendig, aber zu Anfang schauten sie doch immer ganz gern hinein.
Die Frauen spielten kein Instrument, sie sangen. Elise Hunziger, die aus Tirol stammte und den Xaver geheiratet hatte, konnte sogar jodeln! Das klang so wunderschön, dass die anderen Frauen es auch gern erlernt hätten, doch nur Elises Tochter, die kleine Rosi, beherrschte das Jodeln, und zwar so gut, dass sie in einem großen Hotel zur Weihnachtsfeier in dem Konzert mitwirken durfte. Darauf waren hier oben alle stolz. Sie vermuteten aber auch, dass die Elise gar nicht wollte, dass sie alle das Jodeln lernten.

So kam der Nikolaustag heran und am Abend das gemeinsame Singen bei den Grubers.
Die Anna hatte einen Tannenstrauß in der Stube aufgestellt. Das Kreuz mit dem Christus in der Zimmerecke, es war fast so groß wie die Stube hoch war, hatte frische Zweige erhalten, und die Kerze darunter war erneuert worden. Es war so gemütlich, und als dann die Musik erklang, konnte es nichts Schöneres auf der Erde geben, als die langen Winterabende miteinander zu verleben. Ihnen schlug keine Stunde, sie brauchten

nicht in der Frühe das Haus zu verlassen, um ihre Arbeit in einer Fabrik aufzunehmen, sie hatten ihre Werkstätten im Hause.
Die Walburga sagte, dass zu Weihnachten ihre Schwester kommen würde. Sie war Lehrerin. Ihre Verlobung war auseinander gegangen, und nun wollte sie zu Hause ihren Kummer vergessen.
Sie lauschten Walburgas Bericht. Sie kannten die Kati. Sie war, genau wie ihre Schwester, besonders begabt im Weben und Stricken, daher war sie Handarbeitslehrerin geworden.
Katis Schicksal erregte sie zwar nicht, aber sie redeten darüber. Sie würden sie freundlich aufnehmen. Es war nicht gut, wenn man jemanden heiratete, der sich hier nicht zurechtfand. Sie kamen herauf und sahen nur die schönen Dinge, aber mit der Einsamkeit konnte man nur leben, wenn man hier seine Wurzeln hatte.

Wieder einmal viel zu schnell verging die Vorweihnachtszeit, so dass sie Mühe hatten, alles zu schaffen. Die Frauen strickten emsig, wie in jedem Jahr, für die Kinder Strümpfe, für die Männer Socken, Schals für die älteren Leute, und sogar Pullover und Strickjacken. Außerdem mussten der Lebkuchen gebacken und die Gänse geschlachtet und gerupft werden.
Die Männer standen beim Hunziger Xaver in der Werkstatt und halfen ihm beim Herstellen von Fellwesten, worin er ein Meister war und viele Leute belieferte.
Sie verbrachten viel Zeit damit, den Schnee zu schieben, auch den vom Dach. Man ging wie durch einen zum Himmel offenen Tunnel von Haus zu Haus. Die Wege waren schmal, aber eine Person, auch eine recht beleibte, konnte mit Geschenken oder Weihnachtsbaum beladen gut den Weg passieren.

Der Weg weiter aus dem Dorf hinaus musste auch vom Schnee befreit werden, denn die Kinder mussten abgeholt werden. Und dann kam ja auch noch die Kati, Walburgas

Schwester! Alle, die fünf Kinder und die Kati, sollten zur gleichen Stunde abgeholt werden. Sie würden im Pfarrhaus auf die Männer warten.
Die Männer glitten auf ihren Skiern ins Tal; der Schösser Franzel hatte die Skier für die Kati auf den Rücken geschnallt, und die Skier der Kinder waren bei den Verwandten im Dorf. Mit viel Geschrei wurden sie verabschiedet, und man sah ihnen nach, bis sie aus dem Blickfeld verschwanden. Die Frauen, in dicke Wolltücher gehüllt, standen noch eine Weile beieinander - es gab ja zuviel zu bereden – bis Elise sich vor Kälte zitternd verabschiedete. Die alte Mutter Schösser hatte noch gesagt: „Ratscht nicht so lange! Ihr erkältet euch nur!"
Man hörte auf die Mutter Schösser. Sie war die Älteste im Ort, geehrt und geachtet. Und das nicht ohne Grund! Sie hatte viele gute Ratschläge bereit und wusste Heilmittel bei Erkältungen. Keine verstand es so gut wie sie, Umschläge bei Fieber und Husten zu machen. Sie zeigte ihnen, wie das Früchtebrot gebacken wurde, und sie lehrte sie das Weben. Sie hütete die Kinder, wenn sie krank waren, oder wenn „die jungen Leute", wie sie alle nannte, die noch nicht so alt waren wie sie, zu einem Fest gehen wollten. Aber sie konnte auch die gruseligsten Geschichten erzählen, so dass man sich auf dem Heimweg scheu umsah, weil man glaubte, von einer Schreckensgestalt verfolgt zu werden.
Alle fühlten mit ihr, wenn sie vor Rheumaschmerzen stöhnte, und sagte: „Heute plagt mich wieder das Reißen!" Der breiteste Schal, der in der Weihnachtszeit gestrickt wurde, gehörte ihr, und dazu jedes Jahr eine Dose mit Murmelefett oder stark duftender Latschenkiefernsalbe.

Mehr als fünf Stunden waren vergangen, als die Männer mit den Kindern und der Kati ins Dorf zurückkehrten. Es begann bereits zu dunkeln, der Himmel färbte sich schwarz, jeden Moment konnte es zu schneien beginnen. Der Maxl sagte, dass

es gut gewesen war, so zeitig aufzubrechen: „Morgen hättet ihr den Weg vielleicht gar nicht mehr schaffen können!"
In der Stube hielten die Kinder die rotgefrorenen Hände an den warmen Ofen. Der Alois hatte seinen Rucksack in die Kammer neben der Küche getragen. Es war üblich, dass sie „unten" schnell noch etwas besorgten, etwas, das auf den Weihnachtstisch gehörte. „Das Vieh habe ich schon versorgt", meinte der Maxl, „ morgen schütte ich noch paar Bündel Stroh dazu, damit es warm steht. Und zu Weihnachten gibt es eine Extraportion Rüben."
Nun wurde erzählt; sie redeten alle gleichzeitig.

Es schneite die ganze Nacht hindurch, und als Anna, die als erste aufgestanden war, am Morgen die Haustür öffnete, war die von einer Windswehe zugeschüttet. Sie rief die Männer: „Ihr müsst die Haustür freischaufeln! Wir sind rundherum zugeweht!" Sie lief in die Stube, um den Ofen anzuheizen, damit es warm war, wenn die Kinder zum Frühstück herunterkamen. Maxl ging sofort in den Stall. Sicher waren die Nester voller Eier, und die Kühe mussten gemolken werden. Der Christbaum stand schon seit Tagen im Stall, der musste in die Stube. Die Kugeln in dem alten Korb, waren schon in der Kammer versteckt.
Als sie beim Frühstück saßen, waren die Fenster und die Haustür bereits vom Schnee befreit. Die Kinder schauten hinaus und meinten beglückt: „Gut, dass es gestern noch nicht so schlimm war! Sonst hätten wir Weihnachten unten bleiben müssen, bei der Großtante!" Der Hunziger Xaverl winkte herüber und war auch froh, dass es gestern noch möglich gewesen war, die Kinder abzuholen. Seine Drei hätten sicher geweint, wenn sie Weihnachten nicht zu Hause gewesen wären. Alles hatte sich so gut gefügt! Der liebe Gott hatte wieder ein Einsehen mit ihnen.
Der Baum wurde geschmückt. Sie entnahmen dem Deckelkorb, der ihrer Großmutter noch zum Einkaufen gedient hatte,

wahre Schätze. Hansel hielt eine rosafarbene, kleine Glasgeige in der Hand und betrachtete sie liebevoll. „Die Geige ist schon in der dritten Generation bei uns", meinte er weise, „sie hat schon der Großmutter gehört, und sie ist das schönste Stück, das auf den Baum kommt. Wenn ich mal heirate, nehme ich sie mit!" Sie sortierten das Lametta, das gebündelt im Korb lag, und hängten es sorgsam Faden für Faden an die Äste. Keiner von ihnen vermochte zu sagen, an wie vielen Weihnachtsbäumen es schon gehangen hatte. Ab und zu kam Anna aus der Küche und erfreute sich an dem schönen Baum. „Vergesst nicht die Lichtertüllen", meinte sie und wusste, dass diese Ermahnung überflüssig war - sie vergaßen nichts, was auf den Baum gehörte. Doch sie nahm ihnen die vergoldeten Tannenzapfen aus den Händen und wies auf die dicken Polster zwischen den Fenstern: „In diesem Jahr möchte ich die Zapfen in den Fenstern haben. Das sieht schöner aus als die Strohblumen, jedenfalls in der Weihnachtszeit!"
Stolz betrachtete die ganze Familie den Christbaum. Die kleinen Lichtchen durften noch nicht angezündet werden, das wurde erst getan, wenn das Christkind kam. „Jetzt laufen wir zu den Hunzigers und Schössers, wir wollen sehen wie deren Baum geschmückt ist!", sagte der Hansel. Die Veronica stülpte sich die Strickmütze auf die blonden Haare und nahm das Umschlagtuch von der Mutter vom Haken. Es reichte ihr bis an die Knöchel und hielt gut warm, außerdem sah das richtig schön aus. Sie schaute noch einmal in den kleinen Spiegel, der im Hausflur hing, und schien mit ihrem Anblick zufrieden zu sein. „Zuerst gehen wir zu den Schössers!", bestimmte der Hansel.
Bei Schössers jubelten die beiden kleinen Kinder, als der Hansel und die Veronica kamen. „Habt ihr den Christbaum schon geputzt?", fragte Veronica, „Wir sind gerade fertig damit!" Sie begrüßte die Familie reihum und betrachtete das Bäumchen, das auf einem Tisch vor dem Fenster stand. Kleine rote Kugeln baumelten daran und rote Lichtchen steckten in den gold-

farbenen Tüllen. „Ist der aber wieder schön!", staunte sie. Die Schösser-Kinder verkündeten, dass das Christkind bald kommen und ihnen viele schöne Geschenke bringen würde. Hansel und Veronica bekamen einige Äpfel und Nüsse geschenkt, die auf einem bunten Pappteller lagen. Mutter Schösser gab dem Hansel ein Lebkuchenherz mit gelber Glasur, und die Veronica bekam ein rosafarbenes. „Oh, das Christkind war schon hier? Wir danken ganz herzlich!", sagte der Hansel und schnupperte an dem Lebkuchen. Es kostete ihn Beherrschung, nicht gleich hineinzubeißen, aber so etwas durfte man nicht tun! Sie verabschiedeten sich und sagten: „Bis dann, zum Christnachtläuten!" Es war allen bewusst, dass sie die Christmette im Tal in diesem Jahr nicht besuchen konnten, denn der Aufstieg mitten in der Nacht wäre bei dem hohen Schnee zu gefährlich.
Bei Hunzigers verlief es ähnlich wie bei den Schössers, nur begrüßte der Hansel die Rosi mit besonderer Herzlichkeit. Er fragte, ob sie dann, wenn sie die Weihnachtslieder singen, auch wieder jodeln würde. Sie lächelte ihn verschmitzt an, ihre grauen Augen strahlten, und sie meinte: „Mal sehen."

Sie aßen spät an diesem Abend, und vor dem Essen sprach der Vater ein langes Tischgebet. Sie falteten die Hände und hörten andächtig zu, bis sie dann gemeinsam „Amen" sagten. Lange verweilten sie bei Tische und erzählten von den Weihnachtsfesten der vergangenen Jahre. Jeder wusste ein besonders schönes Ereignis zu berichten. Später, zum Nachtisch, gab es Bratäpfel, die mit Lebkuchenkrümeln bestreut waren.
Immer wieder schauten sie zur Uhr, bis sie dann kurz vor Mitternacht vor das Haus gingen, jeder mit einem Laternchen in der Hand, in dem ein kleines Licht brannte. Nun kamen auch die Nachbarn, die Schössers mit der Oma und der Kati - die Kinder waren schon zu Bett gebracht worden. Die Hunzigers kamen vollzählig, die Eltern mit der Rosi und den beiden Söhnen. Die Glocken begannen zu läuten. Es klang wie aus weiter

Ferne. Sie beteten und sangen ein Lied. Danach gingen sie alle, vor Kälte zitternd, mit zu den Grubers.
Erst jetzt wurden die Christbaumlichtchen angezündet, und die schönsten Weihnachtslieder erklangen in der gemütlichen Stube. Die Großmutter Schösser hatte auf der Ofenbank Platz genommen. Sie schaute versonnen auf die kleine Schar, die so glücklich und zufrieden war. Was konnte es Schöneres geben, als ein Weihnachtsfest hier heroben im Schnee, mit den Kindern und dem Baum!?! Schade, dass sie nicht zur Mette gehen konnten.
Inzwischen hatten alle Platz genommen, und schließlich sagte jemand: „Mutter Schösser, erzähle uns doch wieder deine schöne Weihnachtsgeschichte! Ohne die ist es noch nicht richtig Weihnachten!" Die alte Frau lächelte. Sie wusste ja, dass sie die Geschichte erzählen musste.
Die Kinder hockten auf einem Fell dicht am Baum und die anderen saßen rund um den Tisch. Die Kati und der Maxl saßen auch auf der Ofenbank, und sie rückten im Laufe des Abends immer dichter zusammen.
Die alte Frau trank einen Schluck von dem Tee, den man ihr reichte, und begann mit ruhiger Stimme zu erzählen:
„Es war vor vielen Jahren, als wieder einmal das Weihnachtsfest da war. Ich war ein kleines Mädchen, so alt wie unser Hannerl jetzt, gerade mal sechs Jahre. Wir hatten einen kalten, schneereichen Winter, aber sie konnten alle ins Dorf hinuntergehen zur Mette, die Hunzigers, die Schössers, die Grubers und die Steiners, die damals noch hier wohnten. Nur meine Großmutter und ich blieben zu Hause. Die Großmutter war zu alt, um den langen Weg im Schnee zu gehen, und ich war zu klein. Wir saßen in der warmen Stube und schauten immer wieder zum Bäumchen hin, das wir beide so wunderschön geputzt hatten mit all den Sachen, die uns in jedem Jahr aufs Neue erfreuten. Natürlich wollten wir warten, bis sie alle von der Mette zurückkommen würden. Es würde lange dauern, aber wir waren in froher Weihnachtsstimmung. Wir warteten

ja nicht nur auf die Familie, wir warteten auch auf das Christkind! Sicher war ich ungeduldig und auch ein wenig neugierig auf das, was es geben würde. Es war damals noch nicht so reichhaltig wie heute, es gab nicht in jedem Jahr eine neue Mütze oder neue Handschuhe. Die Mutter strickte zwar auch fleißig, aber wir waren vier Kinder, und da wurden die Sachen von einem zum anderen weitergegeben. Ich als Jüngste bekam selten ein neues Stück. Aber das machte nichts! Der ganze Weihnachtszauber, die andächtige Stimmung im Advent und die Lieder vom heiligen frommen Christ waren so schön, dass ein Lebkuchenherz oder ein paar Nüsse genügten, um uns zu erfreuen. Nur musste das alles, gleich was es war, unter dem Weihnachtsbaum liegen.

Die Stunden mit der Großmutter waren immer sehr schön. Sie erzählte mir aus ihrer Jugend und die Weihnachtsgeschichte. An diesem Abend hatte sie eine Kerze angezündet, die vor dem Christbaum stand, sonst war kein Licht in der Stube. Nur das Flackern der Flammen im Ofen war ein wenig zu sehen, und das Prasseln von dem brennenden Holz klang wie Musik. Ich streckte mich auf der Ofenbank aus, die voller Kissen lag. Mein Kopf lag in Großmutters Schoß, so konnte ich gut ihr liebes Gesicht mit den vielen Falten sehen. Ihre Hände strichen behutsam über meine Haare, die damals lockig und dunkelbraun waren. Alle Leute sagten, dass ich besonders schöne Haare hätte.

Großmutter erzählte, und ich lauschte auf ihre Stimme. Dann bemerkte ich, dass sie aufhorchte. Ich hörte es auch, das Geläut der Glocken unten im Tal, die zur Mette riefen. Sie faltete die Hände, ihre Lippen bewegten sich. Immer deutlicher hörte ich die Glockentöne und dazwischen die Stimmen, die so wunderschöne Weihnachtslieder sangen. Ich roch die Äpfel, die es am Abend zum Essen gegeben hatte, ich roch den Lebkuchen, den es dann, wenn alle wieder im Haus waren, geben würde. Ich sah die weißen Flocken vom Himmel fallen. Es war alles so schön, es war wie in einem Märchen.

Doch dann, ich hörte es ganz deutlich, pochte es an der Haustür. Die Großmutter erhob sich und ging zur Türe. Ich hörte Stimmen, die von der Großmutter und die von einem Mann. Sie sagte, dass sie ihn schon erwartet und Milch für ihn gewärmt habe. Er lachte leise und murmelte etwas, dann war es wieder still. Plötzlich knarrte ein wenig die Stubentür, und eine weiße Gestalt, einem Engel gleich, schwebte in die Stube, und so schnell wie sie gekommen war, verschwand sie auch wieder! Mein Herz klopfte wild vor Erregung! Ich hörte, dass die Haustür ins Schloss fiel, und danach schlief ich tief und fest, bis helle Stimmen mich weckten - sie waren von der Christmette zurückgekommen.

Mein großer Bruder stupste mich an und fragte, ob ich denn die ganze Zeit auf der Ofenbank gelegen hätte. Ich gab keine Antwort. Ich wollte ihnen nicht erzählen, dass ich den Schatten vom Christkindel gesehen und den Knecht Ruprecht gehört hatte und auch nicht, dass ich wusste, dass die Großmutter ihm Milch zu trinken gegeben hatte. Das war nun mein Geheimnis, es gehörte mir ganz allein. Vielleicht würde ich ihnen später einmal davon erzählen, aber nicht jetzt, nicht heute.

Als die Lichtchen am Baum angezündet waren, kletterte ich von der Ofenbank, und der Vater sagte: „Da sieh doch, das ist für dich!" Natürlich bekam nur jeder ein Teil, und ich bekam Annamirls Mütze. Die rote Mütze war jetzt aber viel schöner als zuvor, sie war rundherum mit grauem Fell besetzt. Ich setzte sie sogleich auf und fühlte mich wie eine Prinzessin aus dem Märchen. Mein Bruder hob mich hoch, damit ich in den Spiegel sehen konnte. Da sah ich die Prinzessin mit der schönsten Mütze von der ganzen Welt auf dem Kopf, und unter dem Fellrand strahlten zwei frohe Augen aus dem Spiegel. Ich verriet keinem, dass ich, als ich mit meinen Schwestern in der Kammer war, zum Schlafen die Mütze wieder aufgesetzt hatte!"

Der Feiertag zeigte sich von der sonnigen Seite. Es war eiseskalt, der Schnee glitzerte wie tausend Diamanten, und der

Himmel war klar und blau. Der Schnee vom Vortage wurde beiseite geräumt und das Vieh im Stall versorgt. Dann traf sich die Familie Gruber zum Frühstück in der warmen Stube. „Heute bauen wir vor jedes Haus einen großen Schneemann!", verkündete der Hansel. „Aber meine neuen Fäustel ziehe ich dazu nicht an, das tun die alten noch gut!"
Das Christkind hatte ihnen wieder praktische Dinge beschert, Kleidungsstücke, die notwendig waren, aber auf die sie auch stolz waren. Sogar eine Schokolade hatte bei Veronicas Geschenk gelegen, und nach dem Frühstück bot sie artig jedem ein Stückchen davon an.
Nachdenklich meinte der Hansel, dass die Geschichte von der Mutter Schösser wirklich schön gewesen wäre. Er überlegte, ob sie das als Kind alles geträumt, oder ob sie es richtig gesehen hätte. Auch der Vater war nachdenklich und meinte, dass das Leben früher entbehrungsreicher gewesen wäre und dass die Leute es doch schwerer gehabt hätten als heute. Und wie immer fügte er hinzu: „Aber es wird sich alles noch mehr ändern, wenn erst die Straße hier herauf fertig sein wird und die Gäste aus dem Dorf auch hier auf den Berg kommen werden. Und eines Tages werden wir sogar elektrisches Licht haben."
Die Mutter lachte: „Träume du nur! Wir werden das alles wohl kaum noch erleben, den Fortschritt, von dem du immer sprichst!" Der Hansel aber meinte: „Lasst mich erst mal fertig mit dem Studium sein, dann baue ich hier oben alles um! Ihr bekommt elektrisches Licht, die Straße wird befahrbar sein, und es werden sogar einige Laternen in unserem Dorf stehen. Die Kinder können im Sommer und im Winter jeden Tag zur Schule; ein Bus wird fahren." Sie waren vergnügt und voller Hoffnung auf bessere Zeiten.

Einmal im Jahr, und zwar zu Weihnachten, trafen sich die drei Familien immer abwechselnd zum Essen. Das war ein richtiges Fest! Gegen Mittag zogen sie ihre besten Kleider an und gingen zu den Hunzigers. Es wurde reichlich aufgetischt, sie erzählten und sangen. In diesem Jahr war nun auch wieder die Kati dabei. Sie alle hatten beobachtet, wie sich die Kati und der Maxl in die Augen geschaut hatten. Vielleicht könnte daraus eine neue Ehe entstehen? Das wäre beiden von Herzen zu gönnen.

An diesem Abend gingen sie spät auseinander.

Ski und Rodel gut

Rosi schaute zur Uhr. Eigentlich wollte sie jetzt das Informationsbüro schließen, doch sie erwartete noch die letzten Gäste, die auf der Gruber-Alm gebucht hatten, ein Ehepaar aus Frankfurt mit zwei Kindern.
Da hielt auch schon ein Mercedes vor dem Informationsbüro. Die Gäste waren endlich angekommen. Wahrscheinlich waren sie in einen Stau geraten, denn die meisten Leute, die Weihnachten nicht zu Hause verleben wollten, fuhren erst am 22. Dezember in den Winterurlaub.
Rosi ging hinaus: „Grüß Gott! Sicher sind Sie die Familie aus Frankfurt", begrüßte sie die Leute. „Hallo!", grüßte der Mann am Steuer zurück, „und Sie sind Frau Gruber?! Tut mir leid, es ist später geworden, aber natürlich sind wir in einen Stau geraten. Auf der Autobahn tut sich heute was!"
Rosi meinte, dass sie nicht erst auszusteigen brauchten. Sie würde mit ihrem Auto vorwegfahren, sie brauchten ihr nur zu folgen. Sie warf einen Blick auf die Reifen des Mercedes: „Sie wissen doch, dass Sie hier Schneeketten haben müssen? Die Straße nach oben ist zwar schneefrei, aber das kann sich jeden Moment ändern." Der Mann nickte, er wirkte überlegen: „Wir folgen Ihnen", antwortete er.
Rosi fuhr voran, die Straße hinauf zur Gruber-Alm. Sie hatte sich schon lange abgewöhnt, sich über Achtlosigkeiten der Gäste zu ärgern. Sie musste aber auf die Vorschriften aufmerksam machen, wenn es auch meist überhört wurde.
Sie hielt vor dem Haus auf der Alm, an dessen Tür in geschnitzten Holzbuchstaben „Schösser-Häusel" stand. Der Mercedes hielt neben ihr. Der Mann stieg aus dem Auto, streifte die Handschuhe ab, zog den Hut und sagte: „Nun können wir uns richtig begrüßen, Frau Gruber. Das ist meine Frau, und die müden Gestalten auf dem Rücksitz sind unsere Kinder. Die haben bis kurz vor dem Ziel geschlafen, das Beste, was man auf so einer Reise als Mitfahrer machen kann!" Er

lachte, und die Frau in einem eleganten Nerz begrüßte nun Frau Gruber. Sie sah sich um, wies auf den Eingang und meinte: „Wie hübsch, die Buchstaben an der Tür!". Rosi nickte höflich und schloss die Haustür auf. Mit einer freundlichen Geste bat sie die Gäste ins Haus. Die beiden Kinder schauten sich neugierig um. „Dufte", meinte der Junge anerkennend, „wenigstens ist ein Fernseher da! Der große Ofen sieht total klasse aus, und warm ist er auch! Gibt es auch etwas zu Essen?"
Rosi lachte und erklärte den Gästen das Haus: Die große Wohnstube mit dem schönen Ofen und der Holzbalkendecke, die kleinen Schlafzimmer, die beiden Duschbäder, auf alles machte sie aufmerksam.
„Wenn Sie einkaufen wollen, empfehle ich Ihnen den Supermarkt unten im Ort. Wir haben auch sehr gute Restaurants. Gleich neben meinem Büro finden Sie ein gemütliches Lokal mit ausgezeichnetem Essen. Wenn Sie Bekleidung benötigen, alles bekommen Sie unten. Das Schuhgeschäft neben meinem Büro ist sehr empfehlenswert. Meist bringen sich die Leute aus der Großstadt nicht das richtige Schuhwerk mit."
Die Dame im Nerz entdeckte den großen Tannenstrauß, der mit Strohsternen geschmückt war. „Wie schön", sagte sie erfreut, „da brauchen wir ja keine Tanne zu besorgen. Sie haben aber auch an alles gedacht!" Sie nahm einen rotbackigen Apfel aus der Schale, und Rosi erklärte: „Der Lebkuchen ist aus der Dorfbäckerei. Die wird von einem jungen Mann betrieben, dessen Eltern einst hier dieses Haus besaßen. Er bäckt nach den alten Hausrezepten seiner Großmutter. Sie werden sehen, der Kuchen ist vorzüglich."
Inzwischen hatten die beiden Kinder mit ihrem Vater das Gepäck ins Haus getragen.
„Sie sind ja zum ersten Mal hier", bemerkte Rosi, „Ihre Freunde waren bereits viermal hier. Sie teilten uns mit, dass sie die Buchung für dieses Haus an Sie weitergegeben haben."

Die Dame nickte: „Ja, die sind in den Süden geflogen, was ich gar nicht verstehen kann.
Ich habe noch eine Frage, Frau Gruber. Können unsere Kinder hier einen Ski-Kurs belegen? Das wollen wir ihnen zu Weihnachten schenken, natürlich die Skier und die passende Garderobe dazu. Sie wissen ja wie das ist!" Bereitwillig gab Rosi Gruber Auskunft: „Sie können unten im Ort den Kurs anmelden, Sie können aber auch in mein Büro kommen, und ich telefoniere mit dem Ski-Lehrer. Er ist ein Vetter meines Mannes, ein ausgezeichneter Lehrer. Sie werden sehen, es ist alles vorhanden, alles vom Besten!
Wenn Sie noch Fragen haben, das Telefon steht hier auf dem Tischchen, meine Nummer habe ich Ihnen aufgeschrieben. Ich wünsche Ihnen einen schönen Aufenthalt hier auf unserer Alm." An der Tür wandte sie sich noch einmal um: „Was ich Ihnen noch sagen wollte: Sie sind hier oben nicht allein. Die vier anderen Häuser sind über Weihnachten bewohnt, bis in den Januar hinein. Es wohnen sehr nette Leute hier. Drei Kinder sind auch dabei. Ihr Sohn und Ihre Tochter werden sicher schnell Anschluss finden. Vielleicht sehen wir uns zur Christmette?"

Rosi stieg in ihr Auto. Im Vorbeifahren warf sie einen liebevollen Blick auf ihr Elternhaus, das „Hunziger-Haus", mit den geschnitzten Großbuchstaben über der Tür, und auch auf das Elternhaus ihres Mannes, das Gruber-Haus. Sie hatte noch die schöne Zeit hier heroben erlebt, in der die drei Familien oft von der Welt abgeschlossen zu Weihnachten eingeschneit waren. Sie seufzte: „Das war wunderschön! Aber jetzt, durch den Fortschritt, ist es eigentlich noch viel schöner. Seit einigen Jahren haben wir den wundervollen Skihang, für den extra ein langes Waldstück abgeholzt wurde. Was gab es damals für Proteste gegen das Abholzen! Aber jetzt sehen alle, wie gut das war. Die Wintersportler kommen in Scharen, und es wurde sogar noch ein großes Hotel gebaut."

Als Rosi in den komfortablen Wintersportort einfuhr, war sie erleichtert. Alle Häuser auf der Alm waren bis in den Januar hinein vermietet; für drei Häuser hatte sie sogar schon Buchungen für das nächste Weihnachtsfest. Weihnachten in den schneesicheren Bergen war beliebt. Es gehörte nun mal dazu, dass am schönsten aller Feste viel Schnee lag. Der Schnee verbreitete Ruhe, und so manches unschöne Bild wurde von ihm zugedeckt. „Allerdings", dachte sie lächelnd, „so viel Ruhe wie früher haben wir heute nicht mehr; es ist doch recht turbulent geworden. Aber ohne Trubel geht es heute nicht. Wir leben davon, und wir leben gut."

Rosi lenkte das Auto auf den Hof; sie wollte es gleich in die Garage fahren. Der zweite Garagenplatz war noch nicht besetzt. Der Hansel war also noch nicht zurück. Er wollte auf einem Bau nachsehen, ob der Elektriker, der sich gestern krankgemeldet hatte, seine Arbeit wieder aufgenommen hatte. So kurz vor dem Fest war das allerdings kaum anzunehmen.

Rosi trat hinaus auf die Straße; beglückt schaute sie sich um. Überall in den Fenstern leuchteten Kerzen, Lichterketten oder Lichterbögen. Vor der Kirche standen zwei hohen Tannen, die mit unzähligen elektrischen Kerzen geschmückt waren. Die Menschen, viele Touristen unter ihnen, flanierten durch die Straßen, schauten in die Geschäfte, betraten ein Café oder ein Lokal und lasen die Plakate, die für Heimatabende oder Eisstockschießen, Schlittenfahrten und sonstige Vergnügungen warben. Leben herrschte in dem schönen Ort, reges, geschäftiges Leben.

Rosi ging noch einmal in ihr Büro, vor dessen Fenster ein Kunststoffbäumchen stand, an dem bunte Kerzen leuchteten. Eigentlich hatte ihr Büro anfangs nur dafür dienen sollen, die Vermietung ihrer Häuser auf der Gruber-Alm zu verwalten. Später kamen die Werbung und der Kartenverkauf für die Heimatabende dazu. Sie selbst war Mitglied im Heimatverein und gestaltete und organisierte das Programm mit und trat gelegentlich als Jodlerin auf. Sie und ihr Mann waren angesehene Geschäftsleute, der Hansel mit dem großen Baugeschäft und sie mit ihrem Touristikbüro. Da mussten sie schon im öffentlichen Geschehen tätig werden, was zwar viel Zeit in Anspruch nahm, sich aber auch als nützlich erwies. Man stand nie abseits, man wurde nicht übergangen. Außerdem bestanden durch die verwandtschaftlichen Beziehungen zahlreiche Geschäftsverbindungen. Die Veronica, Hansels Schwester, war mit einem höheren Beamten aus der Kreisverwaltung verheiratet und betrieb ein Schuhgeschäft. Rosis Bruder hatte ein gutgehendes Elektrogeschäft, und der Sohn vom Maxl und der Kati war der hiesige Skilehrer. Da unterstützte der eine den anderen! Es galt halt noch immer die alte Weisheit, dass keiner zu weit von seiner Heimat weggehen sollte.

Wie stolz war der Hansel gewesen, als er so nach und nach die Häuser auf der Alm teils geerbt, teils gekauft hatte, alle vier! Für das Frühjahr hatte er sogar den Bau eines Schwimmbeckens geplant. Die Gäste wurden immer anspruchsvoller, dafür aber konnte man die Preise „angleichen".

In dem neuen Wintersportort hatte der Hansel noch ein fünftes Haus gebaut, in dem Rosis Büro eingerichtet war und dessen Ober- und Dachgeschoss sie bewohnten. Ohne jeden Stilbruch war dieses Haus modern und mit allem Komfort eingerichtet.

Auch an dem Neubau mit Eigentumswohnungen am Ortsausgang war der Hansel finanziell beteiligt. Sie waren glücklich und zufrieden. Sie hatten hart gearbeitet!

Rosi schloss die Bürotür ab. Der Tannenstrauß im Flur, der mit Lametta geschmückt war, verbreitete einen herben, frischen Duft. Sie ging die Treppe hinauf, und wohltuende Wärme schlug ihr entgegen. Aus dem Obergeschoss vernahm sie Musik, keine Weihnachtslieder, sondern moderne Musik, solch Gedudel mit englischem Text. Rosi mochte diese Musik nicht leiden, aber die Kinder mochten sie, schließlich sangen sie nicht nur, wie ihre Mutter in der Kindheit, Weihnachtslieder. Sie besuchten, jedenfalls der Hubert, Tanzlokale, die heute Discotheken hießen, und nicht selten kam er erst gegen Mit-

ternacht nach Hause. Die beiden Mädchen, die fünfzehnjährigen Zwillinge, mussten, wenn sie ausgingen, bereits um zweiundzwanzig Uhr zu Hause sein, was immer wieder Protest erregte. Rosi lächelte, als sie an ihre Jugend dachte, und meinte, wie stets: „Es war eben anders, die Zeiten haben sich geändert."
Rosi trat ans Wohnzimmerfenster und schaute hinab auf den „Trubel" und die Festbeleuchtung. Jetzt, zu Weihnachten, war eben die schönste Zeit im Jahr. Sie würde an einem Feiertag zum Skilaufen gehen oder mit Hansel und den Kindern eine Schlittenfahrt auf eine Alm unternehmen, wo man gut essen konnte. Rosi ging in die Küche. Sie schnitt, mitten im Winter, Tomaten, Gurken und Paprika für den Salat, den es zum Abendessen geben sollte. Was hätte wohl ihre Großmutter dazu gesagt, dass im Winter all das frische Gemüse zu haben war? Zu Hause, noch bei ihren Eltern, hatte es im Sommer Salat gegeben, wenn er im Garten wuchs. Sie schnitt Wurst und Käse, legte Schinken auf eine Platte und füllte den Brotkorb mit Vollkornbrot und Toastscheiben. Für Hansel nahm sie ein Bierglas aus dem Schrank, die Kinder wollten Cola trinken. Heute stellte sie nur zwei Colagläser auf den Tisch, denn der Hubert würde bei einem Freund zu Abend essen. Den kleinen Tisch im Wohnzimmer deckte sie für den Tee, der nach dem Abendessen mit Weihnachtsgebäck serviert wurde.

Der Hansel kam nach Hause, und sie rief die Kinder zum Essen. Die Mädchen, langbeinig, hübsch und blond, trugen enge Hosen und Angorapullover, die sie beim letzten Italienbesuch gekauft hatten. Sie gaben dem Vater einen Kuss, und er schaute seine Dirndln voller Stolz an. Sie sahen einander so ähnlich, dass sie ein Außenstehender nicht voneinander unterscheiden konnte. Und das nutzten die beiden aus! Beide drehten sie sich um, wenn jemand den Namen „Annemarie" rief, und wieder drehten sich beide um, wenn jemand „Marianne" rief. Es bereitete ihnen großen Spaß, wenn sie verwechselt wurden. Nur der Lehrer verwechselte sie nicht. Der wusste, dass die Marianne ein Faulpelz war, während die Annemarie ein wenig besser mit ihren Leistungen dastand. Allerdings hatten die Mädchen die Begabung von ihrer Großmutter und Mutter für das Jodeln geerbt. Auch das wussten sie zu nutzen. Als Duo traten sie in den Heimatabenden auf und waren stolz darauf, dass ihr Bild auf den Kassetten von den Abenden zu sehen war. Sie waren glücklich, und sie waren zufrieden mit sich selbst.

„Nun habt ihr Ferien, und ich werde auch ein paar Tage zu Hause bleiben", sagte der Vater und streckte sich wohlig im Sessel. Er trank keinen Tee, er trank ein Glas Roten, doch auf den Lebkuchen verzichtete er nicht. Nachdenklich lächelnd betrachtete er das braune Kuchenherz von allen Seiten und meinte: „Als Bub habe ich von der Schösser-Mutter, von der das Rezept für den Lebkuchen stammt, mal ein Herz zu Weihnachten bekommen, das mit gelber Glasur bestrichen war. Das war so lecker, und ich habe auch von Veronicas Lebkuchenherz abbeißen dürfen, das rosa glasiert war. Einen Teller mit Nüssen und Äpfeln haben wir auch noch bekommen und wir sind fröhlich damit nach Hause gegangen. Es war damals alles anders, das könnt ihr euch nicht vorstellen. Aber es war auch sehr schön!" Annemarie lächelte herablassend und meinte: „Da oben auf der Alm in dem kleinen Haus, ohne Bad, hätte ich nicht einen Tag wohnen wollen. Die Großmutter erzählt immer wieder davon. Sie fand es schön, aber sie kannte es eben nicht anders!" Der Vater schaute die Kinder an. Ein Schatten huschte über sein Gesicht: „Hoffentlich bleibt alles so", sagte er, „wenn eure Leistungen in der Schule nicht besser werden, werdet ihr euch wohl kaum eine komfortable Wohnung leisten können." Sie antworteten nicht, aber sie hatten ihre eigenen Gedanken. Marianne meinte belustigt: „Wir werden berühmte Jodlerinnen! Wir sind ja jetzt schon berühmt! Und später einmal wird uns irgend so ein reicher Mann entführen, in einen richtigen Palast!" Alle lachten, die gute Laune war wieder hergestellt, und sie beschlossen, gemeinsam an einem Feiertag eine Schlittenfahrt zu unternehmen. Natürlich wäre den jungen Mädchen eine Fahrt nach Kitzbühel lieber gewesen, als ein Ausflug auf eine Alm. In Kitzbühel hätte man ihnen bewundernd nachgeschaut.

Am Morgen des 24. war schon zeitig reges Treiben im Haus. Die Zwillinge warfen ihre Schlittschuhe über die Schultern und meinten, dass sie unbedingt noch für eine Stunde aufs Eis müssten. Sie sagten natürlich nicht, dass sie hofften, die beiden netten Jungen dort zu treffen, die mit ihren Eltern in dem neuen Hotel wohnten. „Gestern warst du mit dem Andreas auf dem Eis. Heute werde ich ihn mir schnappen, und du nimmst den Thomas", meinte Marianne, und ihre Schwester stimmte begeistert zu. Natürlich würden sie nichts von dem Rollentausch sagen, denn sie wollten ausprobieren, ob den beiden der Tausch auffallen würde. Aber sie waren sicher, dass die nichts bemerken würden. „Welcher gefällt dir besser?", fragte Marianne. Annemarie zuckte die Schultern und meinte nachdenklich: „Sie sind beide akzeptabel, nicht so langweilig. Außerdem wissen sie, was sich gehört. Ich glaube, sie haben reiche Eltern. Vielleicht laden sie uns zu Silvester ein?"
Während die beiden dem Stadion zutrabten, in engen, rosa Anzügen, fesche weiße Mützen auf der Frisur, musste Hubert vom Vater aus tiefem Schlaf geweckt werden. „Komm, wir wollen den Christbaum putzen. Die Mama hat in der Küche zu tun, und um vier Uhr holt ihr die Oma ab. Annemarie und Marianne müssen um ein Uhr zurück sein, sie haben ja noch eine Probe in der Kirche!"
Rosi war vollauf in der Küche beschäftigt und stöhnte: „Da habe ich geglaubt, dem Bürostress entgangen zu sein! Und nun geht es in der Küche los! Ich muss auch noch die Bestellung beim Schösser-Klausi in der Bäckerei abholen – die Linzer Torte, den Lebkuchen und das Brot. Die Geschenke für die Kinder muss ich auch noch verpacken und die Kärtchen dazu schreiben."

Um 16 Uhr holten die Kinder die Großmutter bei der Tante ab. Anna Gruber lebte im Hause ihrer Tochter Veronica und verbrachte die Festtage stets bei ihrem Sohn. Den Enkel Hubert liebte sie besonders, die Mädchen waren ihr oft zu albern. Die dachten nur ans Vergnügen und an ihre Garderobe, waren eitel und trugen sehr auffällige Kleidung, was Oma Gruber, trotz ihrer nun ganz anderen Lebensweise, nicht gefiel. Aber die Kleine von der Veronica, obwohl die erst sechs Jahre alt war, war noch viel schlimmer. Die Kinder wurden heutzutage alle zu sehr verwöhnt! Die Eltern vom Schwiegersohn hüteten die Kleine tagsüber, da Veronica im Schuhgeschäft tätig war. Das Zimmer von dem Kind war voller Puppen und Stofftiere, es wusste selbst nicht mehr, was es besaß, aber es musste immer wieder etwas Neues sein! Sie war verwöhnt, die kleine Dorothea, daher kam auch der Trotz! Sie setzte stets ihren Willen durch! Das kleine Dirndl war der Mittelpunkt, und es wusste alle für seine Zwecke einzusetzen und auszunutzen. „Wie soll das später mal werden?", dachte die besorgte Großmutter, „Die Zeiten haben sich halt geändert, aber trotzdem glaube ich, dass sie das Kind schlecht erzogen haben."

Rosi und Hansel begrüßten die Mutter herzlich. Sie nahmen am Kaffeetisch Platz, und es war zu bemerken, wie entspannt sich die Oma niederließ. Ja, ihr Hansel hatte viel geschafft! Er hatte ja schon als Kind gesagt, dass er alles umbauen würde. Es hatte sich so vieles verändert! Aber auch Frau Gruber hatte sich der Zeit und der Mode angepasst - ihr Haar war gefärbt, sie trug einen flotten, hellen Angorapullover und dazu einen Strickrock aus dem hiesigen Modehaus. Schon lange strickte sie keine Pullover mehr, und schon gar nicht, wie nach dem Krieg, aus Wolle von aufgezogenen Sachen. Wer trug denn heute noch Selbstgestricktes? Diese Arbeit lohnte sich nicht mehr! Es gab alles aus feinster Wolle zu kaufen, und die Sachen waren sehr chic!

Die Tür zum Wohnzimmer blieb geschlossen. Erst wenn das Christkind kommen würde, sollte sie geöffnet werden. Annemarie und Marianne trugen jetzt schon die Kleider, die sie zum Singen in der Kirche anhaben sollten. Sie nannten diese Garderobe „unsere Chorkleider". Die langen, blauen Röcke und die weißen Blusen standen ihnen gut. „Ach, ich wünschte, wir könnten Minikleider anziehen. Ich finde die soooo schick, aber das geht ja nicht zum Singen in der Kirche!", seufzte Marianne. Die Mädchen zwinkerten sich zu, sie hatten sich Minikleider gewünscht! Der Bruder schüttelte den Kopf: „Könnt ihr noch an etwas Anderes als an Klamotten denken?"
Die Familie hatte vollzählig am Esszimmertisch Platz genommen. Rosi hatte das Festmahl zubereitet und die Mädchen hatten den Tisch dekoriert. Vor dem Festmahl wurde das Tischgebet gesprochen. Sie falteten die Hände, und ein Gefühl des Dankes und der Freude stieg in ihnen auf. Was konnte noch schöner sein, als dieser Heilige Abend in der Familie?
Zu diesem Mahl trank sogar die Oma ein Glas Rotwein, noch vor der Christmette! Das war früher überhaupt nicht üblich, aber heutzutage war eben alles anders. Und sie fanden es toll, dass nun die Bescherung am Abend war, und nicht, wie früher, erst nach der Mette.
Dann endlich öffnete der Vater die Tür zum Weihnachtszimmer. Der Christbaum erstrahlte in vollem Glanze. Natürlich hatte man auf elektrische Kerzen umgestellt, doch zur Bescherung flackerten auch kleine Wachskerzen auf den Zweigen, was die festliche Stimmung noch erhöhte. Das war Weihnachten! Weihnachten in den Bergen mit Kerzenglanz, großen Tannenbäumen vor der Kirche und der Weihnachtsmette um Mitternacht. Das wollten auch die jungen Leute nicht missen!
Und natürlich freuten sie sich über die Geschenke, die so reichhaltig unter dem Baum lagen, dass Anna Gruber dachte: „So viele schöne Sachen! Das ist ein Reichtum! Hoffentlich

bleibt es so, hoffentlich ist das nicht eines Tages alles zu Ende!"
Viele Touristen besuchten die Messe. Sie bewunderten die Krippe mit den geschnitzten Holzfiguren, sie lauschten andächtig der Predigt und dem Chor, sie sangen all die Lieder mit, Menschen, die in ihrer Heimatstadt kaum einen Gottesdienst besuchten. Sie liebten es, Weihnachten in den verschneiten Bergen zu feiern. Einige von ihnen kamen jedes Jahr wieder in der Weihnachtszeit und nahmen dann kostbare Erinnerungen mit nach Hause.
Als sie alle, begleitet von Orgelklängen, die Kirche verließen, wünschten sie einander ein frohes, gesegnetes Weihnachtsfest.
In dem Städtchen gingen langsam die Lichter aus, es wurde dunkel, und wie ein Geschenk des Himmels fielen weiße Flocken in dichter Fülle auf den Ort hernieder und hüllten ihn in friedliches Schweigen.

Schnee aus der Kanone

Sie fanden beide nicht in den Schlaf. Sie schwiegen, sie lagen mit wachen Augen in ihren Betten und schauten zur Zimmerdecke hinauf. Annemarie seufzte leise. Es war wunderbar, wieder einmal daheim zu sein, im Elternhaus, und in ihrem einstigen Zimmer zu schlafen. Es hatte sich einiges verändert, alles war noch schöner geworden. Zu ihrem Zimmer, jetzt das Gästezimmer im Hause ihres Bruders Hubert, gehörte ein elegantes Bad, das vom Flur aus zugänglich war.
Was war alles geschehen, seitdem die beiden Schwestern das letzte Mal in ihrem Heimatort gewesen waren? Die Zwillinge hatten einiges zu berichten! Wie sehr hatten sie sich als Teenager ein Leben in der großen, weiten Welt gewünscht! Dann endlich eines Tages konnten sie die Enge der Heimat verlassen. Ein Engagement führte sie durch ganz Europa, und schließlich wurden sie von einem Agenten nach Amerika vermittelt! Sie genossen es, von Ort zu Ort, von Land zu Land zu reisen, überall Erfolge zu feiern und von den Männern in aller Herren Länder verehrt zu werden. Sie waren jung, begabt und schön, das Leben war ein Traum. Nie kam ihnen der Gedanke, eine Ehe zu schließen. Es gab der Männer zu viele, die goldene Zeiten versprachen, und dann wollten sie sich ja auch nicht trennen. Und außerdem war die Welt zu schön, um an einem Ort zu bleiben! Das Gefühl, Geld zu verdienen, viel Geld, beflügelte sie.
Sie waren nicht verheiratet, sie hatten auch keinen Nachwuchs, doch sie hatten ständig Ärger mit ihren Lebensgefährten. Ihre derzeitigen Lebenspartner und Manager hatten neue, junge Talente entdeckt, und Marianne und Annemarie war bewusst, dass die Zeit des Erfolges, der großen Liebe und der Abenteuer vorbei war. So hatten sie beschlossen, zu Jahresbeginn die letzte Tournee anzutreten.

Auch aus diesem Grunde hatten sie den Weg zu ihrem Bruder genommen; sie wollten mit ihm über eine Zukunft in der Heimat sprechen.

Marianne schloss die Augen. Sie dachte an das Weihnachtsfest, welches die Schwestern zuletzt zu Hause verlebt hatten und an welchem der Bruder geheiratet hatte. Ein großes Fest war gefeiert worden. Schließlich war seine Frau die Tochter von Vaters größtem Konkurrenten, dem Bauunternehmer aus der Nachbarstadt, der sich hier, in ihrem kleinen Städtchen angesiedelt hatte - angesiedelt mit seiner Firma! Diese Firma war weit größer, als die des Vaters, bot kürzere Bauzeiten und günstigere Preise an. Der Vater hatte immer gesagt, dass ihm keiner Konkurrent sein könne, da er die bessere Arbeit leiste. Er hatte nicht die Übersicht verloren, hatte den Betrieb nicht wesentlich vergrößert, und die Firma stand für Qualität und Zuverlässigkeit! Natürlich unterbot der Konkurrent die Preise und hatte, was am wenigsten der Vater verstehen konnte, Glück damit. Doch die Firma Gruber hielt der bedrohlichen Nähe des Eindringlings stand.
Da geschah etwas, was kaum jemand so recht verstehen konnte - die Kinder der beiden Konkurrenten verliebten sich in einander. Bereits auf dem Gymnasium hatten sie sich angefreundet, und als Hubert mit dem Studium begann, zog seine Freundin Gesine mit ihm in den Studienort, und später, an dem besagten Weihnachtsfest, fand die Hochzeit statt! Die gesamte Familie Gruber empfand große Sympathie für die junge Frau. Sie war von anderem Charakter als ihr Vater. Sie war nicht so selbstherrlich wie er. Sie wirkte ruhig und ausgeglichen, war sich aber auch ihrer Schönheit und ihres Vermögens bewusst. Die beiden vermochte nichts zu trennen, sie widerstanden den laut verkündeten Bedenken ihrer Väter!
Hansel Gruber war einige Jahre nach der Hochzeit seines Sohnes gestorben. Hubert gab schließlich dem Drängen seines Schwiegervaters nach, und die gute alte Firma Gruber mit

samt ihrem ausgezeichneten Ruf und dem Kundenstamm, wurde der Firma Hausbichel einverleibt!
Die Gruber-Alm hatte Hubert zu einem Ferienparadies ausgebaut. Über den großen Swimmingpool für die fünf Häuser wurde eine Halle gebaut, denn die Gäste wollten, genau wie in den komfortablen Hotels, auch im Winter nicht auf das Schwimmen verzichten. Der Sonnenwiese wurde ein Tischtennisplatz angegliedert und eine kleine Cafeteria in einem Holzhäuschen eröffnet. Sämtliche Häuser waren im Sommer wie auch im Winter belegt. Es fehlte nicht an zufriedenen Gästen, die meist zu Stammgästen wurden. Alles lief ausgezeichnet, es konnte nicht besser sein!
Zum großen Glück der Familie wurde zu der Zeit auch der kleine Sohn des Bruders geboren, der nun, 18-jährig, im Nebenzimmer schlief.
Marianne und Annemarie waren ihm am Abend ihrer Ankunft begegnet. Er machte einen sympathischen Eindruck, war so ruhig wie seine Mutter und hatte die große Musikalität der Grubers geerbt. Er beabsichtigte, sofort nach dem Abitur mit dem Musikstudium zu beginnen.
Die Tanten Marianne und Annemarie wurden von ihm ausgefragt, schließlich waren sie die Erfolgreichen in der Musik. Sie waren bekannte Jodlerinnen, hatten viele Schallplatten auf den Markt gebracht und begaben sich noch heute, in ihrem fortgeschrittenen Alter, auf Tournee. Während die Tanten, wahre Naturtalente, ohne Studium ihren Weg gegangen waren, stand dem Neffen Johannes ein schwieriges Studium bevor. Sein Ziel war, Violinist und Organist zu werden!

Am Morgen traf sich die Familie am Frühstückstisch. „Habt ihr beiden denn gut geschlafen in eurem alten Zimmer?" fragte Gesine. „Oh ja", antwortete Annemarie, „sehr gut! Es war fast wie früher! Und hier im Wohnzimmer der Kachelofen erinnert mich auch an unsere Jugendzeit." Und schon sprachen alle durcheinander über die früheren Zeiten. Hubert sagte: „Zu

Weihnachten haben wir auch immer von der Vergangenheit erzählt, wie es damals war." Er berichtete von den schönen Festen, die ja bereits im Wohlstand gefeiert worden waren. Er erzählte auch von dem Vater, der noch in seiner Jugend auf der Alm Weihnachten verlebt hatte: „Der Vater sagte, dass sie oft eingeschneit waren und die Alm nicht verlassen konnten, aber alle Bewohner miteinander gebetet, gesungen und gefeiert haben. Eine alte Frau hat es dort gegeben, die immer von einem Weihnachtstraum erzählte, in welchem sie das Christkind gesehen hatte."
Marianne meinte versonnen: „Wie mag es heute auf der Alm aussehen? Ich konnte nie verstehen, dass unsere Großeltern da oben glücklich waren, schließlich führten sie nach heutigen Begriffen ein Leben in Armut." „So, wie es früher einmal war, ist es im Hause Gruber heute auch nicht mehr." Hubert schaute eine Weile vor sich hin. „Die Wirtschaftskrise ist auch an unserem Unternehmen nicht spurlos vorbeigegangen. Wir haben große Verluste erlitten. Aber genug jetzt davon! Jetzt werde ich mit euch hinauffahren. Ich möchte euch alles zeigen, was ihr seit vielen Jahren nicht mehr gesehen habt und was sich verändert hat! Das Wetter ist günstig, es hat aufgehört zu regnen."

Da Gesine es vorzog, zu Hause zu bleiben, fuhr Hubert allein mit den Schwestern und dem Sohn hinaus aus dem Ort, zu dem Berg, wo sie als Kinder gerodelt und später das Skilaufen erlernt hatten. Der einst so dichte Wald auf dem Hang war vor vielen Jahren abgeholzt worden, damit ein großes Wintersportgebiet entstehen konnte. Doch heute bot der Berg ein seltsames Bild! Er sah nicht winterlich aus. Neben der künstlich beschneiten Abfahrt war er grün. „Durch diesen Skihang ist unser Ort zu einem beliebten Wintersportort geworden. Doch seht, es hat in diesem Jahr noch nicht richtig geschneit, nur ganz oben liegt Schnee. Daher muss die Abfahrtstrecke künstlich beschneit werden."

Annemarie meinte traurig: „Schrecklich! Wie schön war es doch noch in unserer Jugendzeit!" Hubert nickte: „Jetzt findet der Wintersport, soweit es möglich ist, in Hallen statt. Aber im vergangenen Jahr, als hier wirklich noch viel Schnee lag, musste das Skispringen abgesagt werden, da ein Orkan durchs Land fegte. Er brachte zwar noch Schnee mit sich, richtete aber auch viel Schaden an - nach zwei Tagen war der Schnee getaut." Hubert meinte: „So, und jetzt fahren wir hoch zur Gruber-Alm!"
Auch die Straße nach oben war frei von Schnee und Eis. Auf dem dunklen Grün der Tannen fehlte der weihnachtliche weiße Schmuck, und die Wiesen sahen grau und matschig aus. Hubert hielt den Wagen vor dem Gruber-Haus an. Er öffnete die Tür und bat die Schwestern mit einladender Geste, einzutreten. „Ist das schön hier! Alles ist so nett! Und so gemütlich eingerichtet! Hier möchte man bleiben. Aber warum ist das Haus, jetzt in der Hauptsaison, nicht bewohnt? Ich erinnere mich, dass die Mama stets in der Weihnachtszeit damit beschäftigt war, die ankommenden Gäste hinauf zu geleiten, und erleichtert aufatmete, wenn alle Häuser vermietet waren und sie über Weihnachten Ruhe hatte."
Hubert zuckte die Schultern. „Drei Familien, die zum Wintersport kommen wollten, haben kurzfristig abgesagt. Der Schnee ist ja ausgeblieben, und die beschneite Piste konnte sie nicht bewegen, herzukommen!" „Also sind nur zwei Häuser vermietet?" Er nickte und erzählte, dass die Häuser eigentlich nur noch in den Sommerferien voll vermietet seien. „Für die zwei jetzt anwesenden Familien kann die Schwimmhalle aus Kostengründen nicht beheizt werden. Das wiederum verärgert die Gäste und bedeutet auch Verlust bei der Miete."
Marianne und Annemarie schauten sich noch einmal in dem Gruberhaus um. Sie fühlten sich wohl hier, alles war so anheimelnd. Und trotzdem kehrten sie nicht so froh, wie sie sich am Morgen auf die Fahrt begeben hatten, in das Elternhaus zurück.

Beim Nachmittagskaffee unterhielt sich die Familie über den Ausflug am Vormittag. „Wir werden wohl die Alm schließen müssen", sagte Gesine, „die Häuser stehen schon lange einzeln zum Verkauf. Kein Hotelier möchte die gesamte Anlage übernehmen." Hubert berichtete vom Niedergang der Firma, von der Insolvenz: „Der Schwiegervater hat sich finanziell übernommen. Er hat zu viele Häuser gebaut, die sich weder verkaufen noch vermieten ließen. Dann hat er sich mit dem, was noch zu retten war, und mit seiner jungen Sekretärin nach Italien abgesetzt. Dort ist er gestorben.
Ich arbeite nun als Architekt freiberuflich für dieses und jenes Bauunternehmen. Ich werde sicher nie wieder eine eigene Firma eröffnen, selbst dann nicht, wenn das Baugeschäft wieder Aufschwung erfährt, was wohl in einigen Jahren der Fall sein wird."

Auch in dieser Nacht lagen Marianne und Annemarie noch lange wach in ihren Betten. Sie sprachen über die Situation des Bruders, über die veränderten Zeiten und über ihre Zukunft. Marianne schlug vor, nach der letzten Tournee wieder nach Hause zu kommen, wieder in der Heimat zu leben. „Wir werden das Gruber-Haus auf der Alm kaufen. Es wird wohl nie mehr die Zeit kommen, wo wir befürchten müssen, da oben durch Schneefall von der Außenwelt abgeschnitten zu sein."

Der 24. Dezember, ein Dezember im neuen Jahrhundert, einem Jahrhundert, das viele Veränderungen mit sich bringen würde, war angebrochen. Wieder trafen sie zum Frühstück in dem gemütlichen, vom Kachelofen erwärmten Zimmer zusammen. Den Weihnachtsbaum hatte Hubert bereits im Zimmer aufgestellt, und Johannes empfing die Tanten mit der Frage: „Helft ihr uns beim Christbaumputzen?" Marianne und Annemarie öffneten den alten Korb, in welchem die Kugeln in Kartons, einzeln verpackt, aufbewahrt wurden und reichten sie

dem Bruder zu. Es war, als wäre nichts geschehen, als wäre keine Zeit vergangen!
Marianne löste das weiche Papier vom Christbaumschmuck und entdeckte die kleine, rosa Glasgeige. Entzückt hielt sie sie in die Höhe: „Das ist nicht möglich! Die alte Geige gibt es noch? Unser Vater sagte immer, dass sie schon bei seinen Eltern den Baum geschmückt habe und er darauf geachtet habe, dass sie in seinen Besitz überging." Johannes meinte: „Ich liebe sie auch so sehr! Ich sehe sie sogar als Glücksbringer für meinen zukünftigen Beruf. Sie ist so schön und alt und hat alle Feste, von denen Papa und die Oma erzählt haben, erlebt. Wenn sie doch reden könnte!"
Sie verbrachten einen harmonischen Vormittag miteinander. Sie waren glücklich, nach so langer Zeit wieder beieinander zu sein. Sie waren in Weihnachtsstimmung – der Duft nach all den weihnachtlichen Delikatessen, der Geruch von Kuchen, Braten, Äpfeln und Orangen erfüllte das Zimmer. Gesine bot Kaffee und Kuchen an, der noch heute in der Bäckerei der von der Alm stammenden Schösser-Familie hergestellt wurde. Niemand wusste mehr von den Lebkuchenherzen mit rosa oder gelbem Zuckerguss, die einst die alte Frau Schösser gebacken hatte. Wie lange war das her? Eine kleine Ewigkeit!

Aus dem Radio klang weihnachtliche Musik, und sie summten all die Melodien mit. Plötzlich wurde die Musik unterbrochen und ein Unwetter wurde für das hiesige Gebiet angekündigt, ein Orkan, der erst zu Mitternacht wieder abklingen würde. „Auch das noch!", stöhnte Gesine, „Ich hasse Sturm!" Annemarie nickte zustimmend: „Ja, ich auch! Wir haben schon einige Male stundenlang auf den Flughäfen warten müssen, bis es möglich war, zu starten, aber damit müssen wir nun wohl bedingt durch die Klimaveränderung leben?!"
Während der Sturm den Regen gegen die Fenster peitschte, deckten sie den Tisch für das Weihnachtsessen und legten bunte Päckchen unter den Christbaum. In festlicher Kleidung

nahmen sie am Tisch Platz und gaben sich Mühe, das Mahl zu genießen und den Sturm, der ständig an Stärke zunahm, zu ignorieren.
Dieser Nachmittag verlief nicht, wie andere Weihnachtstage, bei Musik und Spiel. Immer wieder verfolgten sie die Nachrichten im Radio in der Hoffnung auf eine Meldung, die das Abdrehen des Orkans verkünden würde. Hubert schaute aus dem Fenster und meinte besorgt: „Es würde mich wundern, wenn die Tannen zur Mette noch vor der Kirche ständen. Da drüben, vor dem Café, ist der Weihnachtsbaum umgefegt und wird jetzt über die Straße getrieben."
Als es Zeit war, in die Mette zu gehen, zogen sie ihre Wettermäntel an. Fünf Personen, die kleine Familie Gruber, begaben sich auf den Weg zur Kirche. Der Sturm fegte über den Ort, zerrte an ihren Mänteln und riss Hubert den Hut vom Kopf. Sie waren froh, als sich die große Eichentür des Gotteshauses hinter ihnen schloss. Die Orgelmusik übertönte das Brausen des Sturmes, das Tannengrün verbreitete einen würzigen Duft, und die Flammen der Kerzen bewegten sich nur leicht. Die Orgel verstummte, und die hellen Stimmen des Kinderchors erfüllten den hohen Raum. Die Menschen in den Kirchenbänken waren von der Feierlichkeit der Mette ergriffen, und Marianne beobachtete, dass auch Annemarie das Taschentuch an die Augen führte. Die Schwestern schauten sich an. Beide dachten an die Zeit, zu der sie selbst in dieser Kirche im Kinderchor gesungen hatten. Nun waren sie wieder daheim. Hierher wollten sie zurückkehren, zu der restlichen Familie. Hier wollten sie ihre Weihnachtsfeste feiern und in die alte Kirche gehen.
Langsam verließ die Gemeinde das Gotteshaus. Die Orgelklänge begleiteten sie bis an die Tür. Sie wünschten einander ein gesegnetes Fest, und noch nie war dieser Wunsch so innig ausgesprochen worden wie heute. Ein Lächeln lag auf so manchem Gesicht.

Die Grubers ließen diesen Tag in Zufriedenheit beim Wein ausklingen. Unvermittelt fragte Johannes seine Tanten: „Werdet ihr wiederkommen, oder wollt ihr hier nicht mehr leben?"
„Wir werden wiederkommen! Nach der Tournee im Sommer werden wir hier unseren Wohnsitz nehmen. Wir werden unserem Bruder das Gruber-Haus auf der Alm abkaufen!"
Gesine und Hubert schauten sich überrascht an, doch dann wich die Überraschung der Freude. „Das ist das schönste Weihnachtsgeschenk seit Jahren", sagte Hubert bewegt, „ich heiße euch schon jetzt herzlich willkommen in unserer kleinen Familie!"